吴尔芬　著

你笑什么

中国出版集团　现代出版社

图书在版编目（CIP）数据

你笑什么 / 吴尔芬著. -- 北京 ： 现代出版社,
2017.7

ISBN 978-7-5143-6359-3

Ⅰ．①你… Ⅱ．①吴… Ⅲ．①散文集－中国－当代
Ⅳ．①I267

中国版本图书馆CIP数据核字 (2017) 第197558号

你笑什么

作　　者	吴尔芬
责任编辑	李　鹏
出版发行	现代出版社
地　　址	北京市安定门外安华里504号
邮政编码	100011
电　　话	010-64267325　010-64245264（兼传真）
网　　址	www.1980xd.com
电子邮箱	xiandai@vip.sina.com
印　　刷	北京一鑫印务有限责任公司
开　　本	787×1092　1/16
印　　张	14
字　　数	145千
版　　次	2017年7月第1版　2022年7月第2次印刷
书　　号	ISBN 978-7-5143-6359-3
定　　价	49.80元

你笑什么？（代序）

写这篇短文的时候，我正在紧张地搬家。新的书房设在阳台上，堆满未经整理的书籍，充满旧书特有的恶臭。

我以为，世人对文人的误解莫过于：以为文人清高，其实文人好财，只是发财无门；以为文人潇洒，其实文人大多居无定所，生活艰困如我。世人对书的误解莫过于：以为书本是轻巧的，其实书本是笨重的；以为旧书沉香，所谓书香门第，其实书越旧越臭。为了给这些旧书打包，书缝中爬出的小虫叮得我浑身是疱。

13岁开始，我就搬来搬去了：先从岗头村搬到罗坊中学读初中，再搬到北团中学读高中，然后搬到文夫小学双人校当代课老师。什么叫双人校知道吗？就是只有两个老师的学校。来厦门当兵后，从连队搬到电影组，再搬回连队，又搬到报道组。退伍后搬回岗头村，接着搬到县城卖卤鸭，搬到歌剧团，搬到水南尾，搬到二哥家，搬到广电局老楼，搬到广电局新楼。

2000年入住海沧的天华花园后，又不断搬家：搬海沧水务集团宿舍，搬岛内故宫裕景，搬豆仔尾，再搬回故宫裕景。此刻，我在28楼的阳台，眺望远处的鼓浪屿，倾听脚下海浪般的车流喧嚣，我在想，这一辈子恐怕是离不开书了。书是我的情人也是我的敌人，读书、教书、写书、出书、卖书，书就是输，年过半百一事无成就输在书上。

作为一个没有单位限制的自由作家，我为什么还要搬来搬去吃苦受累，而不回安逸的老家县城或者更大空间的北京？想来想去我是喜欢厦门的，用两个字来概括厦门就是：恰好！

厦门的城市不大不小，气候不冷不热，文化不咸不淡，朋友不近不远。改革开放初期我在厦门当兵，见证了特区的初始阶段。我是看着厦门穿开裆裤长大的，身在其中就有一种青梅竹马的亲切。因此，我踏着拖鞋在菜市场挑海鱼，蹲在路边吃沙茶面，伸长脖子看读报栏免费的报纸，用闽南语粗话骂人，总之，我不把自己当外人。

此刻，凝视因搬运磨得红肿的双手，我备感自豪：靠自己的双手养家，内心一片坦然。我可以关闭手机睡大觉，因为没有任何事供我耽误。我真心拥护改革，因为我没有任何既得利益可以失去。我由衷希望厦门越来越美，因为我没有离开的打算。尽管我难免要搬来搬去。

每一次搬家，多出来的都是书。记得我去当兵的时候，包里只塞了一本书，这一次搬家，竟然有一卡车的书。在有生之年，恐怕还得继续伺候书，倒也不是清高不求富贵，而是岁数摆在那里，想改行也来不及了。

　　我如此好学，应该功成名就才对呀？事实上我没有学历没有学位没有职务没有职称，别人靠读书可以搏到手的实惠，我一样也弄不来。人家买书是"一举成名天下知"，我买书只是"玩物丧志"，赞成读书无用论的人，可以举我的例子做铁证。我的书，真的是读到狗肚子里去了。想当年妄图加入民盟，被拒的理由就是我不算知识分子。副高以上职称、硕士以上学位才叫知识分子，这辈子是铁定举竹竿也够不上的了。

　　想到这些，躺在床上的我笑了，摸出枕头下厚厚的一本书，戴起老花镜读起来。腻在身边的儿子问我："你笑什么？"我说："没什么，就是觉得好笑！"

目录

CONTENTS

书中自有颜如玉

谁不说我家乡好

落花时节又逢君

书中自有颜如玉

群厕之上

　　这里指一个方位，我住所的方位，我的住所在群厕之上。

　　八月闷热的夏季，街上依然人声如潮，我趴在案头写一部叫《随处倾诉》的小说，大有殚思竭虑之感，端了木椅到阳台吹风。垂下眼帘，我听到前面总工会舞厅卡拉 OK 的歌声，歌者感情充沛，饱含得志后宣泄的惬意；右侧篮球场球面撞击水泥地的沉闷之声，以及若干中学生进球的欢呼；左侧酒店老板一匹狼狗莫名的吠叫，它以猪肝滋养的健壮体质发出对人类的蔑视；身后邻居的电视播出刀剑之声，似乎是讲述一个杀人越货的故事。诸多种声音的冲击，让我感受到生活在闹市之中。这时我闻到一缕气味，它从楼底的小巷阴风中旋起，夹杂粮食变质的腐烂气味和人类弃绝的异物的气息。它以若有若无的方式浮游空间，叩击三楼阳台上的我。

　　除了那些声音让我饱经骚扰外，使我气愤的还有喇叭声，它无的放矢的聒噪把周围酣睡的居民惊醒。许多同事为办好广播节目整天奔忙于采编播，但喇叭却像冬季藤条上的枯叶竞相凋零，仅剩光秃秃的线路。于是，台长在广场安装了大喇叭，以示宣传老大哥廉颇尚在，播音员义正严词的宣读竟意外地遭人唾弃。此外，强烈的西照总是使炽热的午间无法成眠。关闭窗帘午睡是不可能的，只好将草席拖到地上，以享受水泥板的凉意。可是每天总是被窗棂间斜进的烈日刺痛大腿，醒来看到光溜溜的柜壁倒映出闪烁白茫茫光泽的双腿，免不了一番唉声叹气。

再侧耳细听，还有什么声响发生在躯体的周围？大街上人与车辆的嘈杂；工地上夜以继日的打夯；BP机和手提电话夸张而固执的呼唤；小贩言过其实的叫卖；官迷不可告人的密谋；以及各种工业技术生产出来的假音，你误以为丰富多彩，其实都是垃圾：人类的秽物。

这是崭新的发现，我开始意识到自己生存在群厕之上，以前只知道一个叫阿魅的同事生活在一楼的群厕之间。阿魅家三面环厕，再苦闷的炎夏也不敢贸然开窗，否则将立即遭到蚊蝇和异味的围攻。阿魅是小城屈指可数的足球狂热者，神采飞扬的足球明星贴满一堵墙，使他终年不见天日的小套房有了些许亮色。阿魅夫妇及孩子都火鸡似的苗条，不懂是否跟他们的生存环境有关，阿魅说，搬出这鬼地方是我终身的愿望。

写到这里，我似乎又闻到楼下泛滥上来的弃物之味，对面舞厅歌声炸起却是如雷贯耳的事实。那么，人类弃物的异味与我垂直，而人类追逐享乐的声音与我平视，这就是我生存空间的现状。而且是四周堆满书籍的窄小空间，仅十一平方米，对我而言则意味着书房兼卧室兼会客室兼单身汉所必须的生活包容。

现在，我开始审视六面体的空间，它存在于小城边缘，而以中心的姿态接受四面八方的话语之声。可以设想，梁上君子光临将茫然四顾一无所获，如果把书籍折合成废纸的话。这样的环境居然为我提供了一个观测世界的场所。面对成排的书籍，无异于面对成排的作者，他们都是心思发达的人，一叠装订整齐封面明亮的纸张，凝固了他们意志和情感、冥想抑或杜撰的故事。它们以休止的姿态并排在那里，形成浩如烟海的文化景观，使在它们围绕中阅读的我具有时间和空间的瞬间中心意味。渺小与渺茫的感受由此而生，也许是单薄的一册，但展现的景观让人究其终生只能望其项背。那么，他们给我带来什么呢？除了阅读疲倦就是一片庞杂。如是，我的心灵并没有安居之所，虽然有众多的大师随时迎接我叩开大门，仰视、请教或对话。因此，我对纸张产生敬畏感，永不开口，但可能以深奥的脸孔拒绝你抵达。假如对你的生活不构成意义，所有的价值观都是谎言。

此外，案头橘黄色的台灯照亮眼前红格白纸，期待我不同心境的记录；一部红色电话，它常常骤然响起，带来尘世的问候或朋友关于享乐的邀请。还有就是木板窄床了，劣质草席以及一捆大话连篇的杂志托着我进入梦境。

这么说来，是我无能，在财源滚滚的今天，还困守一隅，苦死活该。世界上有太多的欢乐，为什么不去参与？我们从脏脏的酒馆听到祝贺和拳令；从窗口听到通宵的扑克或麻将摩擦桌面的喧闹；从摸奖广场传来炮仗的轰鸣；从发廊溢出女人温柔的笑语。诸如此类的聒噪使我们产生错觉，以为拥有快乐是多么的容易。这是人的快乐吗？不，它仅仅是钱币的欢呼声，或者说是无数种声音在向钱币献媚。

自从金钱成为人唯一的太阳后，个人的乐趣就丧失了。想当年和朋友挎着吉他到草地上弹唱的情景已经恍若隔世，如今还有谁为爱情唱赞歌、为雨夜弹起古琴、为黄昏吹响小号？我们拥有什么呢，对了，拥有酒杯大的成功；鞭炮大的喜庆；拳头大的恩怨；烟嘴大的人情。

我在所收藏的全部印刷品中，寻找值得相信并仰望的至高者，我失望了。他们各执一词，个个真理在握，但不能改变你的人生。就像我经常坐在阳台上，或漫步街巷，期待出现属于灵魂的声音：虔诚的忏悔；真实的道歉；绝望的呐喊；纵情的歌唱；哪怕是一个女人因失去爱情的低声啜泣。然而我失望了，除去金钱的呼啸什么声音也没有。遥远的某处，隐隐传来二胡独奏，是阿炳的《二泉映月》。弦声散发出忧伤，让人感到由衷的温馨。且慢感动，它来自酒吧，从高技术的光盘发出。我听到阿炳在哀鸣，为发财的商贩。

群厕之上的三楼一间书籍环绕的小屋构成我的生活，充满暗示与象征意义：现代人家园的无根性，与价值的谎言为伍，与人的秽物垂直，与金钱的聒噪平行。

文学院的日子

关于鲁迅文学院的记忆是从那个湿漉漉的清晨开始的。

铁大门边挂个大牌子，侧门进去篮球场头上立着双杠，也立着三个高矮胖瘦相去甚远的陌生人。他们笑眯眯地望着我走过去，我说同志请问报到处在哪？一个说哎呀今天礼拜等会儿看看有没有人来。另一个抬腕看表说早哩，现在才 7 点 25 分。第三个说你们看又来一个了，肯定也是报到的。果然有人自侧门推行旅车而进，我们四人便笑眯眯地瞧着他慢慢走过来。

我们两人跟在管住宿的老林屁股后想先安顿下来再报到，走到电梯口他独自进去回头告诉我们说在三楼你们从楼梯上。我说为什么你可以坐电梯呢？老林说我是管电梯的而你们不是。

那几天开党的十四大，食堂里原先写"请不要乱扔，人人有责"的小黑板上改写"热烈庆祝十四大，红烧肉每份降价二毛"。

同宿舍的山西同学带了土特产核桃来吃，他们将核桃撂在地上，运功以掌相击嘿嘿有声威风凛凛。我掌软砸不开用脚踩也不能动它丝毫，无奈只好挑最小的放嘴里咬开吃。

听说天安门搞书市我们便相伴去看，走到门口山西同学突然一脸紧张踅回去，一下子又快活蹿出来。几次出门都如此反复，我心中纳闷，问他怎么回事，他说，"我有一部长篇小说手稿，30万字，老怕被盗，小偷用不上我可惨了。"一个星期天，他用熊猫洗衣塑料袋装了些枯黄丑陋的小叶片回来，一张一张夹杂志中压着。我问是什么怪物？他说，香山红叶，要寄朋友的。

图书馆藏书陈旧，管理员说五年没买书了，太贵。书的利用率可以从新旧的程度判断出来，也就是说最好的书也最烂。翻了半天，借了最烂的《福尔摩斯探案集》和金庸的《书剑恩仇录》。

小教室和大教室之间的门隔音效果非常好，大教室里云集着埋头写作的高手，创不出作的低能我辈躲在小教室看《爱你没商量》。得了肾炎的周华问同病房的小女孩说你长大了干吗？小女孩说了很多理想，最后说什么都干不了就当作家！这句话说得一起看电视的炊事员很开心，三五个拊掌大笑，终于知道我们是什么也干不了的无能之辈，而他们毕竟还能烧菜。

圣诞节搞晚会，黑板上通知道：圣诞之夜集体联欢，与狼共舞共度良宵，地点小教室。热心的王大叔把小教室打扮得花枝招展。我借了班上女孩子的两个尺长儿童圣诞老人，挂在舞池中间的圣诞树上，算为晚会作贡献。王大叔手持麦克风拱着肥硕的屁股乱点鸳鸯，点到一个手足无措的女孩，她沉吟片刻读了一首诗：

此刻

谁在世上无缘无故地哭

无缘无故地哭

在哭我。

此刻

谁在世上无缘无故地笑

无缘无故地笑

在笑我。

此刻

谁在世上无缘无故地走

无缘无故地走

走向我。

此刻

谁在世上无缘无故地死

无缘无故地死

看着我……

女孩读得泪花闪闪，其他女孩也泪花闪闪，一时鸦雀无声。

王大叔从她手中接过麦克风说，还是请师傅说句心里话吧。

每天早晨带他们练气功的师傅同学每次晚会都唱，"说句心里话我也有家，家中的老妈妈已是满头白发"。这首歌渐渐地成为鲁院的流行歌曲。

第三个星期的课程通知写：星期三莫言论创作。大家很高兴，满怀武林中人遇到高手的激动。山东大汉莫言坐下来便说："这年头还在谈文学，人家会觉得咱们有病。"有人就拿这句话颇为内疚地低头对照自己，确认自己没病了又抬头听他说下去。

课讲完了大家纷纷翻好笔记本空白处请他留言，有班干部提出要合影，莫言欣然应允。于是莫言便站在大楼前台阶上供我们逐个站上去合影，两架相机"叭叭"地拍，无异于蜡像馆里的康熙大帝。我照完了跟他说莫大哥辛苦你再站一会儿。他听了反而不站，一屁股坐了下来。后来要合影的也只好坐他旁边。

何镇邦老师白发苍苍，满肚子学问的样子让我们十分佩服。他上课提问说，你们知道我们老头子跟你们年轻人比有什么优势吗？我们想不出老头子有什么优势，都答不上来。他说，我死了叫寿终正寝，而你们死了，只能叫夭折。说得我们个个惭愧，纷纷下决心要多活几年，不能夭折。后来弄清楚他是少年白头，也够不上寿终正寝。

刘心武老师刚从瑞典文学院参加诺贝尔文学奖颁奖仪式回来，讲了关于诺贝尔及诺贝尔文学奖及1992年度获奖者诗人沃尔科特。最后说他有瑞典文学院的通信地址，谁想自荐作品的可向他要。我们班年龄最小的男孩扬言要当划时代的诗人，获诺贝尔文学奖心切，真的走向讲台要抄地址。刘心武始料不及，吓了一跳，果然拿不出来，说，你向何镇邦要好了。

班主任说王蒙的课讲得最好了，但排在最后一课。本想提前溜回

家过大年的同学只好耐着性子等听最后一课，私下里都骂排课的老师
狡猾，一点也不会书呆子。王蒙老师的题目叫"小说的可能性"。课
间休息时有许多同学自称新疆人，要与王蒙这位"老新疆"合影留
念。王蒙用新疆话问他们，居然没有一个答得上来，他的脸上便露出
唯我正宗的自豪。

要散伙了，老师问有没有收获，大家便七嘴八舌说有或说没有。
老师高瞻远瞩总结说你们虽然没有吃到猪肉，但看到猪在跑。老师这
句话统一了我们的认识，都觉得确是这么回事。

在卫生间，有一条世界上最长的标语，可列入吉尼斯世界纪录大
全。奇文共赏，转抄如下：

学员先生们雅正——

你们有高度的文化修养

请协助维护好环境卫生

房间里备有笤帚和铁畚箕

把废弃物品随时倒进垃圾洞

厕所地上请勿倒杂物

既不卫生，又不文明

如有少量的残菜剩饭，可倒在便池内

然后拉水绳往下冲

水池，供大家洗漱用

请勿乱扔杂物废纸，保持干净

倘若堵住下水管道

一时半会儿难畅通

　　我做的有不足之处，请提出宝贵意见接收（受）你们的批评，并坚决改正……

故乡是作家的亲娘

事实上，我们每个人都去过很多的村庄，大多记不住了。只有一种村庄你能记住：它是某个人的故乡，而这个人跟你有交情。好比我们吃过几万餐的饭，但只有一种饭局你能记住，一起吃饭的人跟你有感情。如果这个村庄出了个同行作家，我就会细细地体会，村庄与作家的相似之处。所谓一方水土养一方人，放在村庄与作家的关系上，是最恰切不过的了。

认识一个作家，我最想看的是他的书房和故乡。书房是一个作家的见识、面子和趣味的体现，是理论装备也是写作风格，浏览一遍他的藏书，大体就了解这个作家的家底了。如果说作品是作家的面子，书房就是作家的里子。而故乡是一个作家的亲娘，故乡的容貌、气质，那种弥漫在空气中的气息，渗透到溪水中的味道，都会像当地的土特产一样，在作家的作品里一点一点地流露出来。好比你的长相和口音，是改不了甩不掉的。

我去过黄征辉的老家黄沙坑，那种时间停滞的感觉，那种静逸的从容，特别像黄征辉。我第一次去黄沙坑就笑了，这个地方跟黄征辉的性情多像啊，散漫，随遇而安，管它东南西北风，黄沙坑才是黄征辉的亲娘。

我也去过傅翔的老家，那个地方叫涂公门前，名字的怪异就像极了傅翔的文风。记得那是个稻浪金黄的夏季，夜里蛙声一片，湍急的小河穿过墙角，一帮文友打地铺，就在水流与蛙声中讨论文学。涂公门前与众不同，平静中透出一股冲动，在沉静中表达自我。这不正是傅翔吗？

有一年春节我去了谢有顺的老家，光看"濯田美溪村"这五个字，就有谢有顺的形象。那个建在陡坡上的房子让我终生难忘，悬空的院子可以停车，一楼书房的藏书汗牛充栋，二楼的客厅随便写字。入乡却不随俗，格调和情趣都不像乡村民居。站在远处眺望，你会发现这个地方特别像谢有顺，有一点孤单，有一点"管你天王老子又怎么样"的高傲。

我还去过何况的老家江西婺源，那个叫"泽山"的村里竟然有一座书院，书院里收藏许多当代名家的书法题匾和文学书籍，一看就知道因何况而起。这个村的白墙青瓦就长得像何况，白白胖胖干干净净。你让何况伸出双手给你瞧瞧，就明白他的老家长成什么样子了。老人悠闲地坐在村口的桥栏上，对陌生的来客熟视无睹。这个村还是有一点气度的，就像何况写的文章。

此外，杨天松的老家我也是去过的，不过是去吃年夜饭，暮色中进村，深夜里出村，酩酊大醉，什么印象也没有。这也像杨天松，低调得无声无息。我几次提出要去看看北村的老家，但他总是捋着大胡子支支吾吾的，反正没去成。有一次在泰宁逮住萧春雷，坚决要去看他的老家，老萧不干，以什么理由拒绝我，也想不起来了。我当然去过鲁迅这些大人物的故乡，但那只是当地政府炮制出来的旅游景点，不作数的。

作家为什么会长得像故乡呢？吃这里的饭、喝这里的水长大是基本的，重要的是祖祖辈辈养成的性格塑造了他，他说这里的方言，听这里的故事，初恋恋上这里的女孩，害怕这里的鬼怪，仇恨这里的流氓，也梦想将来成为这里的某一个人。他的泪水融入村庄的记忆，汗水流入脚下的泥土，味蕾适应这里的食物，脚板踩惯这里的田埂。甚至认为天底下的村庄都是这样的，这里是世界的中心。如此一来，作家要摆脱故乡对他的模成，除非他有孙悟空一个跟头十万八千里的本事。

可以说，一个村庄要成就一个作家，是要拔尽地气的。一个村庄，可以出两个厅长、五个"土豪"，但要出两个作家，却几乎是不可能的。说"文章千古事，仕途一时荣"当然有点自我安慰，但百年之后，那些耀眼的高楼大厦、高速公路、大坝、桥梁都不复存在，而作家的书本必定可以在某个角落旮旯里找到，却是不争的事实。不论哪个辉煌的朝代，留给我们后人的难道是物质财富吗？不过是几本书、几幅画、几首诗词几篇文章。官员行政难有故乡印记，土豪经商也不过是趋利，只有作家，他的身体修辞就是一部故乡史。

　　我曾经倡议，组织作家同行相互走访对方的故乡，然后各自创作，那一定是有趣的行为艺术。何况立即响应，问我什么时候动手？因为这个项目不赚钱，我当然不想马上动手，能拖则拖呗。但是，这个话题挑起了我的一个兴奋点：行走并创作一批作家与故乡关系的随笔。所以，当接到罗胜笔会的通知，我立即就答应参加了，因为罗胜有一个叫吴尧生的作家。

　　因为吴尧生的缘故，我来过罗胜多次了。具体多少次已经记不住，可见很多次。罗胜有杉木王，一棵树能躲过人类制造的无数次浩劫，无疑是仰仗罗胜人的敦厚；罗胜有廊桥，站在桥上俯瞰流水急速地往前，就像廊桥在逃离时代变迁；罗胜有一个人的乐队，一个人可以自成乐队，可见他的怡然自得；罗胜元宵游灯龙，持续百年兴致盎然，说明罗胜人的稳健耐心。那么，这些独特的性情集中在谁身上呢？对了，就集中在吴尧生身上。

　　其实，我老家岗头村比罗胜村大不了多少，然而细致比对，两个村是很不一样的。岗头村的牛是迈着碎步走路的，急着要干活的样子；而罗胜村的牛是慢悠悠踱方步的，甚至停下来啃一啃路边的草。岗头村的狗是因人而吠的，该狂吠还是讨好几声都心里有数；而罗胜村的狗一律不叫，只对客人摇晃尾巴。岗头村的公鸡打鸣可以飞墙上瓦，弄出个性来；罗胜村的公鸡打鸣都稳稳地站在自家的院子里；岗头村的母鸡下蛋是不择地点的，有时候还大喊大叫鸡飞蛋打；而罗胜村的母鸡下蛋都在鸡窝里，叫声也十分害羞。岗头村的炊烟有的直溜有的弯曲有的还在空中打个结；而罗胜村的炊烟都腰肢柔软，袅袅萝萝的曲线优雅。

　　岗头村的人跟罗胜村的人就更不同了：岗头村的村民见了陌生人都警惕地盯紧你，罗胜村的村民见了生客会招手请你喝茶；岗头村的贼古偷遍四乡八里发家致富，罗胜村的贼古只会在村里摸一把锡壶卖到墟场；岗头村的庄家做老千赚大钱，罗胜村的赌徒光晓得卖了笋干押宝；岗头村的吴尔铿靠个人声望硬是被人大代表推到县长位置，罗胜村的吴尧生被政府封为局长还辞职写作……

　　如此说来，我就特别想请文友们去一趟岗头村了。去了大家就会看出来，我就长了一副岗头村的嘴脸。

艳遇越多越好吗

读一本好书，就是一次艳遇：那种难以言表的意外惊喜，那种冷暖自知的话语冲击，都与艳遇颇为相似。

我始终觉得，书是有生命的，岂止有生命，还有性格和脾气。有的书，天然一种亲近感，像小棉袄一样贴心：捧在手上是那么轻盈，打开书页是那么的芳香，读起来是那么的有味道。那真的是，书中自有颜如玉。

那些可恶的书，则是庸俗而粗鲁的：太重，双手抬住还累得慌；字太小，读起来费劲；一会儿掉封套，一会儿脱锁线；甚至连油墨都是臭的。读这种书，我就会想，卧槽，我凭什么呀？老子既不要博学位又不要拼职称，装逼给谁看？不如把书丢了，抓手机玩一把。手机虽然也庸俗，却是个快嘴李翠莲，啥都懂，小嘴又甜，让人不知无聊为何物。

当然，有一种书是极威严的，像主席台上的大官，又像黑道上的老大，更像村里娶不上媳妇还端架子的老光棍，拒人千里之外。就在下午，从公司带一本《近代中国报道》回家，我要腾出手来锁门，就让儿子先扛着，居然把九岁儿子的腰都压弯了。这种道貌岸然的书，跟那些《辞海》《20 世纪中国全纪录》《英汉大辞典》一样，是不让人抱着躺床上享受的，非得端正的摆到桌上，准备笔和纸、放大镜之类，才能严肃地搜索、认真地摘录。这种装模作样的书没有不行，好比一个城市没有警察局长，恐怕是要乱的；多了也不行，压得人喘不过气来，消磨读书的乐趣。有的土豪，装修办公室也整一个硕大的书柜，尽摆这种没有表情的大书，一看就是不读书的货。

这些身份性情各异的书，是不能随便排在一起的，大书要跟大书并列，好比一排领导在剪彩，个个握一把金剪刀，那威风、那气派，自然就出来了。臭书就跟臭书扎堆好了，好比码头工人斗酒，又好比乞丐聚餐，物以类聚，倒也其乐无穷。而那些文弱的小书，是要摆在干净架子上的，要通风、要采光、要收拾清爽、再点缀几件儿子淘汰的卡通人物，就像一间大小姐的闺房了。将它们抽出来翻阅，我是要洗洗手，擦干净一下的。

昨天晚上，我把一本《慢慢》挤在两本《大汀州》之间，半夜隐约听到轻声啜泣，起来一看，果然是《慢慢》在呻吟，将她抽出来，封面上已经是大汗淋漓了。《大汀州》一千多张老照片，内容横跨八个客家县，从唐朝讲到 20 世纪 50 年代，多笨重的体量呀？《慢慢》只是两个花痴叽叽歪歪的爱情，轻巧得不盈一握。还有一次，我把舒婷的《双桅船》夹在二月河的帝王小说中间，害得我翻箱倒柜三天也没找着。几首朦胧诗，与残酷的政治斗争混在一起，无疑是一滴眼泪掉进鹭江，肯定消失得无影无踪。

其实，保管书的最好方式就是双手接触，经常翻阅，抚摸它、爱护它，比博物馆的恒温恒湿更管用。如果一本书压在箱底，虽然塑封了，也加了防腐剂和樟脑丸，但主人不理睬它，它就绝望了，就沉沦了，它只能拥抱蟑螂，与虫子为伍，它不想做书了，觉得没意思，就化为一小堆尘土。

如果一本书被作者签上名字，身价立即倍增，让主人高看一眼。相当于一个学生拿到毕业证书，可以代表母校了；也相当于秘书代表长官，有级别了。俗话说，打狗还要看主人；吴大师说，扔书还得看签名。我经常搬家，书是沉重的负担，每次都会扔少许的书。但是，有些书虽然面目可憎，丑陋得像个街头小混混，就是扔不掉，因为它是签名本，是有主人的。每次把它们扔出去，又不得不灰溜溜捡回来，安置在书架的显赫位置，原因只有一个，它的主人更流氓，一旦发现它不在我的书架上，后果不堪设想。我想来想去还是算了，不就一厘米的地盘？就当是全村人养一个小无赖吧，唉！

偶然在地摊上买到请某某人批评指正的签名本，都要感叹一番，那是丢两个人的脸哪。签名者想巴结，接受者很鄙视，这本书的命运就只能流落街头了。因此，我签名送书给别人都要交代一句：当废纸卖的时候，千万要把我签名的这一页揭下来。我这样说，绝对不是玩笑或谦虚。你想啊，一本破书，他不卖，他死了子孙总要卖，不当废纸卖，难不成还指望别人把你的书当传家宝，世世代代珍藏下去？

签名本的面貌就是作者的嘴脸，有的书写得那么糙，还搞成精装本，还弄一个花里胡哨的盒子套住。一看作者，不得了！是谁我就不说了，反正看地方电视新闻三天两头能见到他。有的书耀武扬威，好家伙，中央首长作序，封底一长串名家推荐，腰封完套封，套封完封面，衬页、扉页、签名页，豪华轻型纸，后记洋洋洒洒感谢上百个达官贵人。有的书非常低调，矮矮的、小小的，躲在角落里，简洁的封面，素雅的装帧，连自序都只有短短的大半页。有的书则里里外外透出一股懒散，封面随便贴一张图，作者简介的照片是身份证的那张，没有衬页，名字签在扉页上，天头地脚都狭窄，标题紧紧的一行小字，到处显得窘迫，像廉租房一样简陋。

因为要开通微店"乃大书店"，不得已腾出半天时间整理自己收集的签名本。原先，我对签名本是很不在意的，文人之间相互签名赠书，过程就是目的，形式就是内容，嘴巴说谢谢，回家往书堆一扔，连打开翻翻都未必。那些签名本，在我这里并不享受特殊待遇，与其他书杂居。所以，当我企图把签名本挑出来就费劲了，比在知识分子中筛选右派还难。托尔斯泰和卡夫卡都不可能送书给我，我瞄准当代文学，一本一本打开衬页或扉页寻找签名。真是不翻不知道，一翻吓一跳：

有一个县委书记把自己在各种场合的讲话稿汇编成册，大多是反腐倡廉的内容，但是他现在进牢房了，罪名当然是受贿。那个经常一起开会的坦克型豪放大妈，从前居然专门写爱情诗，当年的玉照竟然是窈窕羞涩的。陈福�兄的简介照片仍然神采飞扬，如今却是阴阳两隔，让人扼腕唏嘘。

有一些很熟的诗人作家，竟然找不到他们的签名本，比如蔡其矫，比如张力，遗憾啊，惋惜啊。原因在于我的不屑，一直以为，签个名有什么用呢，还不都是一本书？现在知道不一样，已经晚了。猛然间，理解了那几个四处寻求签名的书痴，比如何况、南宋、张云良。因为书就是人，留住了签名本，就留住了作者的呼吸与气息，留住了他的音容笑貌，甚至留住了他的飞扬跋扈与装腔作势。无论是正人君子的咏物抒怀，还是流氓无赖的胡言乱语，都是我们这个世界所需要的。不是吗？

读书这种艳遇，不但可以有，而且多多益善。我宣布，从现在开始，我也要网罗签名本了。

三十年河东

30 是一个富于变化的数字，人三十而立，月三十而结。30 年前，我们都是北团中学青涩的少男少女，30 年后的今天，我们发福了、沧桑了、开始回忆往事了，有的成了行业翘楚，有的已经儿孙绕膝，言辞之间闪烁怀旧的意味。内心都有一股冲动：什么时候回母校聚聚？于是有了这次的同学聚首。

同学聚会，无非是座谈、喝酒、唱歌、叙旧，其实这就够了，不需要微言大义。大家把那些回忆与细节、佐证与吹嘘掰碎了，糅和在一起，捏成有生命、有血肉的条块，鲜活而有趣地呈现在对方面前。那不是朋友的寒暄，也不是处世的客套，而是一个师者与晚生、青春与缅怀的气脉相连，揶揄有暖意、调侃有温情，哪怕是叫一声当年的外号，也能像箭一样击穿你的记忆之门。这样的聚会，注定要成为生命的营养，化成血液，陪伴我们直到风烛残年。

尽管我们都已年近半百，但在白发苍苍的老师面前仍不敢言老。

朱镕基 50 岁平反恢复工作只是副处级干部、山德士上校 66 岁开创肯德基全球连锁店、齐白石 70 岁学画，我们有什么理由怨天尤人呢？我想，再过 10 年，我们要经常出席孩子们的婚礼；再过 20 年，我们再来列举同学中谁是成功人士也还来得及。

　　三十年河东，四十年河西。生活是一条变化的河流，让我们以这次聚会为起点，携起手来逆流而上，抵达人生的高峰。同学们，让我们一起说：生命从 50 岁开始。

　　是为序！

同学是前世的兄弟姐妹

经常听人说，夫妻是前世的冤家，在一起总是吵个不停，活到老吵到老，吵死一个才会消停。所以，夫妻生活就一个字，忍。忍一忍孩子就大了，再忍一忍就金婚了。

又听人说，孩子是前世的债主，父母没完没了的付出孩子未必感动，点点滴滴的辛劳孩子根本不会体谅，关键是做父母的总是心甘情愿。这就好比还债，欠了钱就是要还的。父母前世欠我们的，我们前世欠孩子的，于是，就这么一代一代的还债下去，而且乐此不疲。

那么我想，同学就是前世的兄弟姐妹。手足之谊，情投意合，懵懂童年一起走过，青涩情窦一并初开。那寒风中的晨读，那操场上的嬉闹，那开小差的课堂，那靠偷抄的考试，那晚自修的喧哗，那被窝里的饥饿，都成为后来会心一笑的美好，融入各自的血液，流入共同的记忆长河。

我们前世的兄弟姐妹，平时少有联系，见面也不一定握手，但内心的关注是必然的：谁的孩子多大了、谁再婚了、谁提拔了、谁发财了，当然，还有那个谁终于有了自己的房子，都是在一起永恒的话题。我们由衷希望大家过上好日子，真心祝福彼此岁岁平安，就是恨，也是恨铁不成钢。我们前世的兄弟姐妹，关系就像左手和右手，没有客套，也不需要感激，但配合默契，相互使劲可以拍出生活精彩的掌声。

那么老师就是我们的父母了。"一日为师，终身为父"绝不是一句客气的空话，因为学生对老师总是包含一种对父辈的敬畏。老师的一句话可能影响学生终生，尽管老师浑然不觉；学生的回报也许埋藏在心底，也许老师并不需要。"老师！"当我们这么叫的时候往往是平淡如水的，好比在家随意地叫一声："爸！"

如此说来，母校就是我们共同的家。这个家可以破败，也可以奢华，但破败与奢华都动摇不了孩子对家的念想。一桌一椅都惦记，一草一木总关情。母校越建越漂亮我们高兴，师弟师妹出人才我们更高兴。只要母校还在，我们的念想就有安放的场所；只要这个家不散，我们总有机会添砖加瓦。

现如今，兄弟姐妹们大多年过半百，这是个知天命的岁数。这个岁数上可摩天下可接地，这个岁数可以说是老之将至也可以说是壮志未酬，但这个岁数的人喜欢安静、喜欢团聚、喜欢回忆往事是肯定的了。一次同学会，几多新情感，有意犹未尽的、有感慨万千的、有续说情缘的，但无一例外都在期待，期待下一次的欢喜聚首。让我们不安的是，这一生的聚首，必定是聚一次少一次的了。

假如有来世，我们还做同学！

日本天皇是人吗

天理良心，我绝对不敢辱骂日本天皇不是人，借我十个胆也不敢。

日本天皇是人吗？中国人当然认为他是人，不就一个头发花白、皮笑肉不笑的老头？但是，我多次问日本人："你们的天皇是人吗？"得到的回答就不那么干脆了，哼哼哈哈结结巴巴模棱两可不知所云。

那么，天皇在日本人的心目中到底是什么呢？天皇是什么不重要，重要的是天皇一定不是人。

天照大神，又称天照大御神，在日本古神话中是日本原始神道的神祇之一，位居众神的顶峰。因为天照大神意为普照大地的伟大之神，故其本质是太阳神。在《古事记》和《日本书纪》的记纪神话里，以天照大神为开端的"天上王权"和以神武天皇为开端的"地上王权"，被观念性地注上了"血的继承"和"灵的继承"。神的人化（神是天皇的祖先）与人的神化（天皇是神的子孙），导致天皇人神边界的消失，这样，天皇就肯定不是人了。

　　天皇不是人又是什么？在日本的生物学上，这是一个不能讨论的问题。日本人只知道，天皇不是人，他说的话也不是人话，是鹤鸣，人是听不懂的。

　　天照大神类似中国的女娲，是个女性形象，并没有婚姻的记载，所以"万世"不是从她算起的。第一代是《日本书纪》记载的神武天皇，传说公元前660年始驭天下，以至于今，共传了一百二十五代。之所以称为"天皇"，就是要强调是天照大神的后裔，是天照大神派在凡世的唯一全权代表，皇统就是神统。天照大神因其本身所具有的特质而被当时那个时代所选中，而时代又恰好需要这样一个角色，于是天皇诞生了，天照大神的一系列政治主张在人世间就有了具体的执行者。

　　通过这种神化，天皇既成为本国神道的宗教领袖，又成为现实意义上的世俗君主，从而确立了政教合一的一元君主制。天皇制不仅仅是制度和意识形态，它还用美学和宗教规定了日本人的精神构造。万世一系对日本人的观念和习性的影响非常大，造成了一个历史定式，形成了一种民族心态。他们善于保持传统，根源也在于此。由于天皇精神权威的稳定存在，历史社会变革均可以在天皇的旗号下进行，同时对未来日本形成双重政治结构埋下了伏笔。

　　在第二次世界大战中，日本军国主义集团利用天皇在日本的地位，成功地煽动起大部分日本人的民族主义，针对中国、朝鲜、菲律宾和马来亚等亚洲国家发动了一系列的种族屠杀和清洗活动。

　　1945年8月15日，日本天皇公开发表广播讲话，正式宣布日本无条件投降。这个日子对日本人来说是刻骨铭心的：终于听到"鹤鸣"声了——这"鹤鸣"不过是一个略带颤抖的、平庸无助的普通人话。在我看来，日本人的精神崩溃绝不是美国人的两颗原子弹，而是"鹤鸣"成了"人话"。天皇居然是一个普通人，跟大家一样在战争面前胆战心惊的普通人，这让子民情何以堪？自此，日本人开始陷入慌张与迷茫。

日本战败后，美国人麦克阿瑟为顺应日本民意，允许天皇作为象征性的国家元首保留下来。1946 年迫使昭和天皇发表人间宣言，否定天皇在现代人世间的神的地位，承认天皇不再具有神性。此举某种程度上削弱了长久以来存在日本国民中的忠君思想。1989 年昭和天皇在东京去世，皇太子明仁登基，成为第一百二十五代日本天皇，并同日起改元"平成"，沿用至今。

然而，天皇仍然不同于一般日本人，天皇与其家族不具有姓氏与公民权等"凡人"的表征，却是全国重要政务的批准者。多数日本人仍认为天皇代表"国家""父母"。换句话说，天皇的意义与日本几乎可说是完全等同。

今天，天皇制在赞同与反对声中悄然走过了 70 年。70 年，从昭和到平成，从裕仁到明仁，在日本人的意识层面中，天皇究竟为何物？天皇制究竟是用来干什么的？没人知道。天皇的起居所为什么叫吹上御所？天皇的办公地为什么叫表御座所？天皇的宴会地为什么叫丰明殿？天皇在城楼上挥手致意的地方为什么叫长和殿？没人知道。一个老人的死去为什么能改变时间之轴——一世一元？没人知道。天皇为什么会享有刑事豁免权？为什么皇室成员的成人是 18 岁，而一般国民是 20 岁？没人知道。外国首脑访问日本的时候，为什么出面主持欢迎仪式的是天皇，而参加首脑会谈的是内阁总理大臣？没人知道。为什么首相总揽国家的行政大权，但形式上仍然是天皇陛下的一介臣民？没人知道。为什么不能讨论天皇是不是人？还是没人知道。

这些没人知道的问题，日本人也不追问。日本人只知道：皇室每诞生一个小生命，日本当年就会多出生两万多婴孩；皇太弟秋筱宫的次女佳子退出学习院大学，并成功报考东京国际基督教大学，这所以前并不有名的私立大学人气暴涨，报考人数急剧上升；和善敦厚的明仁天皇，在皇宫广场上身着不算时尚的双排扣西服，向新年朝拜者真诚地挥手致意，日本人也真有了一种心理上的安定感。所以，对当代日本人而言，天皇就好比富士山，可以寻找精神上的"甘え"（撒娇）。

其实，"万世一系"出现过多次危机。"万世一系"自古就是一个难题，皇后生不出儿子怎么办？中国皇帝的解决之道是三宫六院，天皇亦然，明治天皇娶六位嫔妃，生下十五个男女，长大成人了五个。大正天皇的皇后生了四个皇子，那就是皇家史上的英雄母亲了。昭和天皇成婚，一连生了四个皇女，整个日本着急上火，大臣进言纳妾，但天皇接受脱亚入欧的观念，对后宫厉行改革，坚持一夫一妻制。来年再生，就生出了皇子，就是当今的明仁天皇，解决了历史性难题。于是举国欢庆，臣民挥动小旗喊万岁，股市上扬。

明仁天皇与皇后美智子生有两子一女，皇太子德仁生有一女，皇次子文仁亲王生有两女，如果是普通人家，三个孙女不过是断了香火，没什么大不了的，但在天皇家，就给皇统接班人生出大问题。因为皇室有皇室的规矩，皇位只能由属于皇统的男系的男子来继承。当时上至天皇，下至臣民，似乎对皇太子再生个一男半女近乎绝望。首相小泉纯一郎是自民党改革派的代表，他认为时代不同了，男女都一样，决心下手修改皇室的家规：女性可以当天皇，也可以按女系传位。

日本历史上也出过八位女皇，其中两位先后两度登极，但她们本身是男系皇统的女子，也不曾下嫁生育，把皇位外传。好比唐朝的武则天，虽然称帝，但只要没有把皇位传给武家，还是传给李家，满朝文武和天下百姓还是可能接受的。小泉的改革不一样，有朝一日皇太子即位，若把皇位传给长女，她和皇室以外的人士通婚，不论生男生女，再继承皇位，那就是女系天皇，神器将移到外家，传给异姓，断绝了男系皇统。

"万世一系之皇统，绵延无穷，亿兆一心，克忠克孝，此乃我国体精华之所在。"这种观念在日本已经成为民众的血液了，"万世一系"要因小泉的改革毁于一旦，国体精华如何绵延？老百姓不干了，东京举行了万人集会，挥舞拳头喊口号，反对女性、女系天皇。小泉顶住重重压力，正打算把女系传位的方案拿到国会通过时，传来天皇二媳妇有喜的好消息。虽然男女莫测，小泉也只好收起议案，说本人对这等事并不固执。

2006 年 9 月 6 日，文仁亲王秋筱宫妃纪子剖腹生下一名男婴。9 月 10 日，日本天皇明仁和皇后美智子来到日本东京的爱育医院探望新生的孙子，并给孙子取名攸仁。这名男婴是日本皇室 41 年来的第一位男性新成员，他的诞生，把皇室一个巨大的难题留给后世解决，也为小泉的首相生涯画上完美的句号。

天皇家有难处，居庙堂之高或者处江湖之远都想给出出主意，可见日本民众离不开天皇。

笔者以为，1945 年三个大国都犯了严重的错误：日本人犯的错误就是不应该由天皇来亲自宣读投降诏书，以致国民精神崩溃；美国人犯的错误就是不应该保留天皇制，以致军国主义死灰复燃；中国人犯的错误就是不应该放弃对日驻军，以致对日本的军事丧失约束。三个错误兑在一块就生出一个文化怪胎：

一方面日本人不知天皇为何物；另一方面天皇家的一举一动又牵动亿万国民的心。在这种矛盾和暧昧中，日本的象征——天皇制走过了 70 年。其实，观念上的 2600 多年，法理上的 1500 多年，天皇在时间带上连绵不断，这在世界文明史上也是绝无仅有的。尽管不是日本人吹嘘的"万世一系"，但至少也是"千世一系"了。虽然日本天皇制并不具有普世价值，在本质上甚至是孤独的，原始的，也是落后的，只能适应日本这块风土人情，但它作为人类的一种制度文明的历史并没有被终结。其表现就是，日本人永远无法回答：

天皇是人吗？

电脑在革谁的命

小时候，像对所有陌生事物一样，我们对电脑也是充满向往和恐惧的，比如放鞭炮，又爱又怕。报纸上说，装有电脑的机器人能跟人下棋、聊天，能帮人做饭、带孩子，能指挥战争、制定国策。老师还说，机器人能潜到海底两万里，哪个同学不小心被鱼骨头梗住，可以派小机器人下去喉管拔出来。机器人"可上九天揽月，可下五洋捉鳖"，老师说，世上无难事，只要有电脑。有同学甚至说，美国用机器人取代运动员长跑，所以老是拿冠军。也有同学反驳说，机器人不可能做得那么像。于是请老师仲裁，老师沉吟片刻，说，也不是不可能。

这太可怕了，大家说。

到了20世纪80年代，有关信息革命、知识爆炸；三大前沿、四大领域、五大技术等新科技、新产业的宣传报道铺天盖地席卷全国，老师羡慕我们遇到了好时光，劝告我们如若不勤奋学习，将要落伍直至开除球籍。报纸上说，第四次产业革命机器人将会取代蓝领和白领阶层，小小的生物反应塔将驱逐临海的石油化工业，光电特性良好的非晶质元件可能使巨大的火力发电站和通信设施变成废物。洛阳纸贵的《第三次浪潮》描述说：到90年代，大多数人都将拥有并应用人工智能机来放大我们的脑力，从而帮助我们解决各种家务直到帮助我们建立一个明智的政府。不久，人戴上一项可以随意脱戴的装有某种拾波器的帽子，就能直接通过他自己的思维过程编制计算机的程序。

后来误入文学的歧途，就特别注意关于电脑写作的报道。有消息说，最先进的电脑只要输入作家的思想、观点，存进作家的语言风格、文字特点，然后再打进一个故事框架，一部小说就像水一样哗哗地流出来了。并有同行信誓旦旦证据确凿地说，金庸和琼瑶家里就有硕大的电脑房，他们就是这么"创作"的。

这也太可怕了，我说。

好了，电脑终于蔓延到我们封闭的小城，各家银行气派非凡地亮出广告："电脑计息准确快速。"我看到储蓄员在原先放算盘的位置摆上一台机器，才想起来电脑的别名叫计算机，估计这东西算账最拿手。然而这跟我们老百姓的关系不大，就那么几百块钱存款，计息准确又如何？至于快速就更没有意义了，反正时间有的是，下雨天打孩子——闲着白闲着，本来就冲着漂亮的女职员去存款，"快速"了谁还好意思东拉西扯？

紧接着，"电脑打字"的招牌像储蓄所那样沿街林立，随着机关文件的增多和老百姓打官司热情的增长，他们的生意十分红火。本来，只有我们这些作家才有资格将名字和文字变成印刷品，现在平等了，不论你怎么胡说八道，只要舍得掏腰包，你的名字和文字就能工整而优雅地印出来。你的大名爱怎么摆弄悉听尊便，而且你自己就是终审，用不着看编辑的脸色去痛苦或深沉。层层把关的书刊每况愈下，而自作主张的印刷品却与日俱增，电脑在满足人的表现欲方面，确实立下了汗马功劳。电脑在悄悄抹平人与人之间智慧的差距，春风吹、战鼓擂，电脑时代谁怕谁。

此后，还出现了电脑算命和电脑画像。把生辰八字输入电脑，一按回车，屏幕上就映出你的过去、现在和将来，人能够发明预算自己命运的机器，这真是一起叫人百感交集的事件。电脑画像稍微复杂一些，毕竟要加一台彩色打印机，尽管可以不断搔首弄姿直到心满意足，但带锯齿的画面并不能赢得广泛的青睐。

如果说"二十一世纪是电脑的世纪"仅仅是科技界的提法，"用电脑、讲英语、会开车方为跨世纪人才"可是有红头文件的。这些说法让只会签发票、吃宴席的人脸色苍白呼吸短促，机关里于是像煞有介事地办起电脑和英语培训班，虽然英语只学到几句骨得拜、三克油，打开电脑还是知道玩游戏的。尽管处理不了文件，玩游戏对解除工作劳累很有好处，因此，单位的电脑总是夜以继日地在运行。

多媒体一出现，就有人大唱赞歌，说多媒体技术具有完善的综合性，将计算机、声像、通信技术合为一体，从而实现图文一体化、视听一体化。还说具有充分的互动性，可以形成人机互动、互相交流的操作环境及身临其境的场景。用指令改变画面的图像和颜色，调谐音乐的旋律和曲调，就像置身专业录音室，享受 midi、hifi 的听觉效果。但是，立即有人站出来声讨，说多媒体把阳春白雪的电脑世界变成人人会用的家用电器；多媒体声色俱佳的梦幻天地使人沉醉其中，玩物丧志忘了自己。还声讨多媒体一句"入门多媒体，修行靠自己"就将人诱入深渊，迷恋游戏人生，投入"杀人机器"的怀抱。

对于互联网，有人这样赞美：启动你的多媒体电脑，接通因特网和中央服务器，付些许费用，你便可以调用任何软件，拷贝任何信息；你可以收看精彩纷呈的电视节目，可以收听优美动人的音乐；可以用 CD-ROM，甚至更高级的数字光盘来欣赏任何你喜欢的节目；可以将大量的数据储存在软盘上，以备随时调阅、检索；可以借多媒体软件之便，尽享家庭影院的无尽乐趣。听这口气，似乎多媒体互联网等于幸福，拥有它就别无他求了。

让我们再来看看人家是怎么诅咒的。无纸化学术杂志《Post-Modern Culture》在网上有一个专栏，世界上任何人、任何一个时刻都可以在里面高谈阔论，并且可以立刻得到回应。多媒体互联网的诅咒者认为，知识分子同负载知识的媒体的形式是休戚与共的，即使是在知识危机的今天，发表文章也是一种欢乐。但是，只有疯子才会为自己的名字和文章出现在因特网上而欢呼，因为这实在太容易了，完全不需要名气和才华。诅咒者预言，知识分子手中的最后一张王牌：原作、原稿将在数码复制时代灰飞烟灭；书籍将从生活中消失；签名售书将是可笑的行为。

我们的祖先用毛笔书写了几千年，换成钢笔不过百年历史。从毛笔到钢笔是小变革，从钢笔到电脑是大变革，我们有幸经历了。笔者是龙岩地区第一个使用电脑写作的人，同样要被一些电脑盲误解，好像电脑是一张原始股，能给我带来暴利。其实，对我而言，电脑只是打字机，就这么简单。电脑里组的词官腔十足，根本不符合"小说语言要有陌生感"的要求，同一个词又不能反复用，人家会说你词语贫乏，所以自己编很划不来。对一个字或词没有把握，仍然得查字典。激光扫描有何用，你还能将谁的话大段大段的引用到小说里？没有构思到胸有成竹同样无法下笔，我不信谁东一榔头西一棒子还能糊弄出长篇来。

人类拥有汽车飞机并没有到处乱跑，发明原子弹打仗反而更难了，同样，没有哪个作家因为拥有电脑胡乱写作。电脑除了书写、修改快捷，卷面整洁等好处外，我看不出它能解决我在写作中的哪些问题。我们总不能因为钢笔比毛笔写得快就怀疑作品的质量，可是，许多人往往就把电脑写作和粗制滥造联系在一起。控制电脑靠的是Dos，它既不能意会主人的意思，更不知神领你的美意，差一个字母程序就出不来。这跟我们的汽车和家用电器并没有区别，从本质上讲，电脑同纸和笔是一回事。在一些人心目中，好像作家非得百病缠身积劳成疾才像那么回事，要知道，当我们对一部书稿无话可说的时候，重抄一遍就是无效劳动，只能使更多的作家像路遥那样英年早逝。

当然，我们也不应该因为电脑比钢笔更容易坏、更危险就放弃它。快速的工具总是更难料理的，但我们还是义无反顾地放弃马车选择飞机、放弃松光选择电灯、放弃茅屋选择高楼。电脑有病毒之忧、有死机之烦，有昂贵的投资、有巨大的消耗，但我喜欢它，因为它快。尽管有人因电脑病毒毁了封机的长篇；尽管《收获》有文章说老作家徐迟的死是因为看电脑联网中了邪。

使用之后，才明白电脑的功能被无限夸大了。且不说能够"拔鱼刺""长跑夺冠"的机器人，四五百兆的硬盘，装上三五个 Windows 就满了，赶紧换个 1.2G 硬盘，不出三天，又该为空间紧张而犯愁。1K—1M—1G，软盘—光盘—DVD，从 KV200 到 KV300，从 Office95 到 Office97，功能每增加一点，都是为了多卖一份 COPY。在美国，家用电脑也不过是用来跟银行对账、交水费电费电话费；查找图书目录和歌曲、影片内容；用"信息高速公路"订一张飞机票罢了。最现代的战争莫过于海湾战争了，计算机为美国的"爱国者"导弹精确制导，同时进行电子对抗，实现电子战的"软杀伤"。计算机也就这样了，指挥沙漠风暴的还是五角大楼的将军们。

就凭计算机这点花拳绣腿，离人工智能十万八千里不止，指望它来"拔鱼刺"喉咙早就烂成泥了。一只小小的蚊子，追踪捕食的灵敏性比庞大的电子追踪系统要高得多。生物体的惊人特性都是由极微小的机构完成的，它们低消耗、高效率以及随机应变的能力，远非今天的计算机可比。有人算过一笔账，如果生产一只会吸血、会鸣叫、会生育、会传病的蚊子，将耗尽人类所有的财富。

电脑的复制是有限度的，动物的复制并非靠数码二进制，而是 Clone（克隆），即无性系。克隆动物一获成功，许多国家就严令将克隆技术用于人类自身。克隆技术给人类带来不可名状的不安，因为生命是我们这个星球最大的奥秘，来自一个至高的源头，服从生命永恒的律。人侵扰生命、篡改规律的行为是要付出代价的，在一个道德不完善的世界，对人的克隆必然要引起深远的忧虑。然而，电脑只是工具，它服务其目的，目的带着价值取向。

我们已经生活在 90 年代的末期，再回过头来看当年那些关于电脑可怕的渲染，无疑是天方夜谭。一觉醒来，星星还是那颗星星月亮还是那个月亮，山也还是那座山哟梁也还是那道梁。那些曾经为 90 年代即将到来激动得发抖的老师们仍然用粉笔"吱吱"地板书，买不起一台早已过时的 386。早在 1984 年，联合国《发展论坛》就有文章指出，认为电脑可以为贫穷的乡村解决技术情报问题，完全是无稽之谈。国际互联网又怎么样，通过终端送来的不过是一份字母与数码索引，具体材料远在大洋彼岸，自己却已破费数百元了。

与电脑的"博大精深"比，我们每个人所利用的容量都是沧海一粟，而且"术业有专攻"，用户通常不会编程序，程序员不常用。犹如摩托车，骑手多如牛毛，维修专业户就屈指可数了。我仍然用纸笔写信，因为笔迹表现了我的心理情绪和精神风貌，亲切而随意；依然画画，美术作品和印刷品之间的差别那是众所周知的，农民才买那种热闹的年画印刷品过年。照样买书读书藏书，因为书本身就是艺术品，读书比看屏幕方便，藏书有价值。出差能带、枕边能放、如厕能读，这就是书的好处。也许将来有比书本更轻巧的电脑，但成本一定超过纸张，就算像电子表那样便宜，但能随意图画吗？优势还在，书本永存。

　　面对玩电脑游戏入迷的儿童，我心平气和，想想我们小时候玩弹弓不也同样入迷？大人玩电脑游戏更加不必伤感，游戏是不会上瘾的，除非它演变成赌博。再说这些人也上纲上线不到"玩物丧志"的高度，他们本来无志可言，你不生产电脑，他们钓鱼、下棋、喝酒，让他们心醉沉迷的东西可多了，电脑算什么？

　　电脑的普及对人们的生活方式、生产观念的影响，常常是一种革命性的进程，这点是不容置疑的。我们不必急于赞美或者急于诅咒，要的是加快科普步伐，告诉人们电脑不是拿来算命和画像的，就像罗盘不是用来看风水、火药不是用来做炮仗的。正如杨振宁教授所说，中国人有时太天真，太理想化。想到久远未来会需要什么，今天就大干起来，这是完全不合算的。

　　赞美是心灵的需要，来自内在的感动，源于爱和恩典。对工具的赞美是短暂的，当我们适应它的时候，赞美的激情自然消失。而诅咒源于心中的仇恨，对一种工具产生仇恨，不是无知就肯定是胸怀狭窄。电脑既不是天使也不是魔鬼，它是人的工具。所以，我不赞美也不诅咒，使用并适应就是了。

　　（此文写于 1997 年 10 月，原载《软件》1998 年第 1 期。20 年匆匆消逝，网络已沧桑巨变。蓦然回首，此文已成古董）

亚洲金融风暴十年祭

儒家：发展的动力？

近年来，关于尊孔、关于立儒教、关于重振国学的鼓噪甚嚣尘上。先有"孔子上管五千年，下管五千年"的论断，再有"75 个诺贝尔奖获得者群聚巴黎，公选孔子为世界第一思想家"的臆想；先有"小孩不用上学，关起门来读经就够了"的建议，再有"官员率众，衣古衣冠"祭孔的行为；先有各所国家重点大学的"国学院"，再有中央电视台于丹女士的"天下担当"。

事已至此，夫复何言？让在下以为真的僵尸复活。

太平天国时期，胡林翼率楚军围攻安床视察地形时，看到两艘外国轮船从长江逆流而上。一看到这个场面胡林翼立即就昏了过去，只说了一句话：这个世界要变了。

能说这句话的人是目光长远的，胡林翼看到了一个转折点，一个不可逆转的历史转折点。

亚洲金融风暴一转眼就过去十年了，然而，当我们回忆十年前的东南亚货币风潮仍然是心有余悸，泡沫经济的大潮退去，露出的是一片狰狞的文化沙滩。它是多么的丑陋、多么的贫瘠，让我们骄傲的虚荣失去了依托、失去了凭据。这场风暴不仅肆虐泰国、印尼，而且在短短几个月之内波及韩国，中国台湾、香港，以及新加坡等国家和地区，导致区域内为期数年的经济衰退。

就在金融风暴来临之前，国际上兴起了亚洲价值的新概念：亚洲人有自己的价值观或价值标准；亚洲人的价值标准实际优于西方的价值；今后人类价值观应以亚洲人的标准为标准。这次亚洲金融风暴，对一些人构成的打击并非是经济的收缩，而是使这种甚嚣尘上的"21世纪是亚太的世纪"之说，和垄断了已经十年的关于东亚经济"奇迹"的发展主义论调，受到了严峻的挑战。

1997年对全球的投资者来说，都是个灾难。首先是东南亚的货币大幅贬值，继而是香港股市暴跌，从而引发了美国股市的激烈动荡。引起这次灾难的代表人物就是著名的全球金融投资家乔治·索罗斯（George Soros）。用索罗斯金融哲学理论来说：东南亚的货币汇率和香港股市指数的高企是不合理的，而维持这种不合理的人必将受到损失。

在金融市场中有两种人：一种人单纯地为了赚钱而做买卖；另一种人赚钱则是为了证明自己的理论是优秀的。索罗斯属于后一种人，他建立了自己一整套理论体系，并严格按照自己的理论体系进行操作。索罗斯的操作方法应用了镜像原理，但他的理论是深奥的，也是抽象的，他的思想充满了量子物理的思维。他认为整个世界是非连续的、混乱的，人们对世界是测不准的。索罗斯渴望成为哲学家，他做不了哲学家，只好做金融家，但他巧妙地将其哲学思想融入其金融思想。索罗斯深受波普尔的影响，波普尔启发他去思考一些大问题，提出宏伟的哲学架构，这些启发给索罗斯一个明确的思想方向，索罗斯正是在这种思想的指导下建立了自己的理论基础。

由索罗斯的操作方法我们会想到金融界另一位传奇人物巴菲特，巴菲特受人尊敬，而索罗斯却令人害怕。索罗斯善于利用期货的手法，运用财务杠杆，对不合理的价格进行打击。尤其是一些国家不顾自己实际情况，热衷于维护政治面子，夸大自己的经济能力时，索罗斯会毫不留情地撕掉这些国家虚伪的面具，狠狠地扇他们几记耳光。巴菲特是温和的，他研究的是单一企业，他投资的股票价格是由低向高走，也就是说只要盯住巴菲特跟进，散户们就能走共同致富的道路。索罗斯则是一针见血、斩草除根的金融杀手，他做的项目往往是把别人赖以寄托的精神肥皂泡刺得粉碎。他的做空手法，往往使大多数人受到损失，尤其是使政治家感到难堪。政客们之所以不喜欢索罗斯，是因为索罗斯的行为带有较强烈的投机行为，而实际上这种投机行为不过是纠正市场不合理的一种行为罢了。因此，当马来西亚总理马哈蒂尔辱骂索罗斯是流氓时，索罗斯愤怒地说，马哈蒂尔才是马来西亚货币下跌的罪魁祸首。"正是那些放任信贷迅速扩张的政客和官僚，是他们为剧烈波动创造了条件。"

索罗斯说得对，外因是通过内因起作用的。亚洲国家的经济结构大多不合理，金融秩序混乱，资本主要投入到房地产和轻加工等暴利产业，而其他产业却严重滞后。比如泰国，就由于房地产业过热，产品大量积压，银行贷款无法收回，从而出现大量呆账坏账引发危机。应该指出，这些国家在固定汇率制度下实行资本市场的完全开放，无法适应国际金融市场的变化。当然，本文要分析的是影响和左右体制的哲学背景，因为文化是社会意识的总和，而哲学是文化的核心。

经济学家凯恩斯在他那本引起了"凯恩斯革命"的巨著《就业利息和货币通论》的结尾写道："经济学家以及政治哲学家的思想，其力量之大，往往出乎常人的意料。事实上统治世界的，就只是这些思想而已。"美国实用主义哲学家詹姆士说过这样一段令人难忘的话："对我们每个人都是非常重要的那种哲学并不是一个技术问题，而是我们对生活真正的深刻的意义究竟是什么这个问题的某种程度的无言的感觉。哲学只是部分地从书中得到的；它是我们用以观察和感觉宇宙的全部推力和压力的个人方法。"

1994 年，被国际上公认为"亚洲价值最雄辩的发言人"，甚至被西方称为"新儒家之父"的新加坡总理李光耀与美国《外交》季刊编辑扎卡里亚发表了一次长篇谈话。李光耀坦率地说，如果我们不曾以西方的优点作为自己的指导，我们就不可能摆脱落后，我们的经济和其他各方面迄今仍会处于落后状态，但是，我们不想要西方的一切。他说，中国的传统观念是修身齐家治国平天下，修身齐家是基础，我们全民都对此深信不疑。"我儿子给我孙女起的名字就叫修身。""我们感到幸运的是，我们有这样一个文化背景：人民相信做人要节俭、勤劳、孝敬父母、忠于家族，尤其要尊重学问。"李光耀认为新加坡另外一个幸运之处是在工业化的过程中有西方和日本做榜样。他说不久以后新加坡就将达到日本已达到的水平。他说亚洲价值观和西方价值观何者较好的问题，不能单靠争论来解决，它将会从亚洲的经济转变中得出结论。他认为现在的东亚人民都相信只要假以时日，将有机会迎头赶上西方。东亚的发展将使亚洲文化、传统和价值观重新获得肯定。

我们今天重温李光耀的高论真是叫人百感交集，为什么同样是儒家文化，能产生经济奇迹，也能导致贫穷落后？对此，有人发扬辩证法，把儒家文化一分为二，指出如"服从权威、重视集体利益"等传统，确实对经济发展有正面的作用；而儒家文化中的另一些习性，如"强调私人关系、顾存面子、处世不公开"等，对经济金融体制会起破坏作用。问题是，为什么某些文化习性会在某些时候起着相对大的影响，另一些习性则只有别的时候起作用？在此类论述中，"儒家文化"学说并没有把文化作为问题来研究，而是把文化因素当成一种自有永有和同质的实体，把笼统的和非历史的儒家文化作为东亚经济奇迹的动力来解释。

我们搞市场经济明明是初学者，却总是动辄与西方最发达的市场经济国家作直接横向对比，而且牢牢盯住人家最尖端、最新奇的理论动态与热点问题。其实，中国的经济学研究非但没有占领本学科的前沿阵地，就连消化吸收人家几十年前的理论都远远没有做到。

就在亚洲金融风暴来临的前夕，作者就"新儒家"思想的地位和影响请教了新加坡作家协会会长黄孟文先生。黄孟文先生告诉我说，李光耀原先信奉基督教，之所以在后期强调儒家思想是为了维护他本人的地位。事实上，李光耀不过是在家里悬挂他同孔子像的合影，根本谈不上理论体系。据笔者所了解，新加坡居民构成复杂、宗教信仰自由，基督徒占人口的大多数。许多人只是延续了中国传统的生活习性，并没有继承什么儒家思想学说。

对此，韩国的金大中一针见血地指斥，怀疑西方民主的，都是权威主义的亚洲领导人。金大中认为，文化不是一成不变的，事实上，自开始工业化以来，以家庭为本位的亚洲社会已大大转向了以个人为中心的社会。金大中针锋相对地指出，道德崩溃不是由于西方文化固有的弱点，而是工业化的结果；新加坡取得的政绩是由于政府对人民管教极严，救治工业化社会积弊，不应靠警察国家的严刑峻法，而应靠加强道德教育，高扬精神价值。

日本：亚洲的榜样？

点燃自己照亮黑暗的顾准认为，资本主义注定要发生在一国然后再传布世界，按照英—法—德—美—俄—日的顺序，历史上任何重大的、足以改变人类命运的变革，都是这样发生和传布的。顾准强调，"要确立科学与民主，必须彻底批判中国的传统思想"。

新教伦理的禁欲主义的勤俭和职业观念对西欧早期资本主义的发生提供了一种心态的支持，而中国宗教与印度宗教都未能提供类似的这样一种心态，这是亚洲资本主义未能自发产生的重要原因。一个明显的事实是，以忏悔和认罪为核心的基督教传到中国后便披上了浓重的中国式的功利色彩：求财求子求平安。

大多数日本高中生、大学生至少能举出两三部中国古典作品的名称来，如《三国演义》《水浒传》等。而中国的大中学生则很少有人知道日本有一部世界上最早的长篇小说《源氏物语》。以儒家标准来衡量，经济即所谓"利"，技术即所谓"小人之末技"，这实际上并不是太值得看重的东西；至于那些为此颇感荣耀的日本人，则更是令人讨厌的对象了。直到 20 世纪 50 年代前期，日本仍是唯一一个将自己改造成为现代化工业国家的非西方国家。日本的成功首先归功于他们神秘的模仿能力，从基本法律到公务员制度都是美国的翻版。记住，日本的宪法是由美国人起草并译成蹩脚的日文的，虽然它包含着一个反战条款，但在当时被战争摧残得精疲力竭的日本没有引起什么争议。20 世纪 50 年代，在美国的完全默许下，由于日本的"美国造"宪法严格限制了其军事活动，也由于美国的核保护伞的存在，日本的军费开支被限定在最低限度。但随着美国经济的增长速度在 20 世纪 70 年代的下降以及越南战争后国防预算的缩减，特别是伊拉克战争发生之后，日本的低国防开支逐渐成为美国的一大问题。美国国内提出的口号就是要日本"不再继续免费搭乘安全车"。

更为重要的是，日本文化的基本价值类型是以民族价值优先为特征的，这当然有别于现代美国以经济价值优先为特征。事实上，进入20 世纪 90 年代之后，日本的大公司已经纷纷被美国的大公司打败。新世纪后，美国《幸福》杂志公布的"世界 500 家大公司排名榜"

上，出现了一个显著的变化：20 世纪 80 年代以来长期居于世界经济之冠的日本，其入围世界 500 强的企业比例连年下降，而美国则连年上升。不仅如此，在排列顺序上也出现了变化，多年来雄踞世界 500 强冠亚军的日本"三菱商事"和"三井物业"，在 1996 年终于让位于美国的通用汽车和福特汽车。

经济权威认为，20 世纪 90 年代以后，一场被称之为"重新构建公司"的变革大潮在美国企业中掀起。"重新构建公司"就是企业通过重新设计工作程序，建立能够充分体现个人价值的团队式组织，并层层扩大这种组织，直到整个公司都按照新的原则建立起来，最终形成新型的公司结构。"重新构建公司"需要三个基本前提：体现个人价值、信息化、知识化。它要求处在新的程序和新的团队中的人们，必须具有同等高度的尊重、视野、素质和价值观，便于在共同的经营活动中产生共同的语言和进行自我协调。而日本等级森严的企业结构正与此相反。可以说，尊重个人价值帮助美国夺回了在传统产业中失去的阵地。别人的方式可以模仿，但充分尊重个人价值的尊严感却是日本人的骨子里所不具备的。

然而，民族价值优先的文化特征使日本建立了以垂直的纵向关系为特点的制度体系，对天皇的绝对忠诚和鼓吹天皇集权的思想使武士道精神集中体现为："为了国家每天决意去死。"日本从小学到大学的教科书都在扉页上印有"日本国土狭小、资源短缺，只有靠奋斗，否则会亡国"之类可怕的警句。我要指出的是，纵向关系的制度体系并不能使日本实现现代化，锲而不舍地否认南京大屠杀的事实，就充分暴露出这个民族狭隘而偏执的强盗嘴脸。在全人类倡导人权、资源保护、共同发展的今天，日本匪夷所思的做法叫亚洲人民感到深切的恐惧。

为此，日本在亚洲的榜样形象就彻底崩溃了。我不知道李光耀先生对此作何感想？

汉学：西方的热点？

的确，"汉学"这两个响当当的字眼，凭着辉煌无比的华夏五千年文明做内涵，对刚走出中世纪的欧洲人来说，曾经不啻于如雷贯耳。那精美绝伦的中国瓷器、手感如水的丝绸、叹为观止的工艺品、美味可口的大米茶叶，两千年来源源不断地流向西方，以至于英语的中国就叫瓷器。加之那颇具象征意味的方块字、中国人引以自豪的四大发明，激发了西方人对东方古代文化的浪漫情思。于是，就有了印度僧侣、波斯商人、马可·波罗们相继踏上中国的土地，最终掀起了明清之交强劲的西学东渐的浪潮。

为了叩开这片广袤的富饶土地的大门，传教士长途跋涉来到中国，希图借助西方近代科学的传播而传扬神的福音。然而，他们被拒绝了。康熙皇帝虽然能邀请法国传教士西晋、张诚入内廷讲授声光电化，义和团却视设堂传教为污我祖先神灵，他们要"灭洋灭教"：

还我江山还我权，

刀山火海爷敢闯，

哪怕皇上服了外，

不杀洋人誓不完。

　　此时的华夏帝国除了古老文化发出熠熠余辉，国势已经无可挽救地衰败了。当然，这并未破坏慈禧太后欢庆生日的兴致，也不妨碍醇亲王之类的王公贵族继续玩物欢娱，更不影响紫禁城里太监们的奢华享受。在一批有识之士和个别英明帝王匆匆忙碌一阵、学到少许西方科学知识以后，封建末世的昏庸君主们便迫不及待地关闭了中国的大门。充斥各种衙门的昏官冗员依旧沉溺于虚张声势的官家排场、权贵间的礼仪游戏以及更为残酷严苛的吏治之中。徐光启、李之藻们虽不遗余力译介了《几何原本》《同文算指》等近代科学的奠基之作，但从未想到要掌握外语、直接研究西方原著，更没考虑过要出海留学、考察欧洲。去西天取经的胆识和气魄只能产生在大唐盛世，保留在吴承恩的著作中，成为国人茶余饭后的谈资。

　　有人认为，中国文化之所以吸引世界的资源是"以仁为体，以和为用"。"和"的体现有四个层次：第一个层次是天与人，如"天人合一"，主张宇宙或自然与人的和谐一体。第二个层次是国与国，国家之间以"礼"来调节，而"礼之用，和为贵"。第三个层次是人与人，人与人之间和谐，相互谅解，平等相待。第四个层次是个体的心理和精神生活，追求和平、和乐、中和。"和"后面还有一个道德基础，就是"仁"。于是，在往返于欧亚大陆的东印度公司商船上，出现了一批批探险家的大骆驼队。李希霍芬、斯文赫定、伯希和、安特生，他们的双足走进了"北京人"居住的周口店山坡洞穴，踏上了一处处仰韶文化遗址，走向黄土高原的敦煌洞窟和沙海中的楼兰古城。

以考古和探险为发端，古代中国文化的各个领域逐渐受到西方学者的普遍重视，同时，无数珍稀宝物通过发掘和廉价收购，流进了西方国家的博物馆和私人收藏家的展厅。在他们的摄影镜头下，破败的长城已绝非一道国防意义上的屏障，不过是一堵旅游意义上的砖墙；他们发现，一旦踏上中国土地，原本十分低贱的印度人也变得高贵起来，被授权随时拘捕不规矩的中国人，手执皮鞭监视中国苦力的劳役；令他们不解的是，中国劳工麻木呆滞的神情与其精湛过人的手艺之间，究竟有着什么样的联系。

近一百年里，富有冒险精神的欧洲人已经涉猎了汉学研究的各个领域：从甲骨文、青铜器到南北朝佛雕，从诸子百家、金文经学到现当代文学创作领域，都留下了相当的成果。他们力图解开一个个东方文化之谜，逐渐认识汉民族的国民性格。但是，这容易让我们产生误解，以为他们是来取经的，是来弘扬中国文化的。

英国人类学家福特斯二十世纪三四十年代在西非考察时，并没有携带摄像机录音机，然而受了教育的塔伦西土著人读了他写的民族志，感到非常吃惊，以为他是自己部落的长老，对他们的文化了解得如此详细确切。我没有理由把福特斯的行为理解为是要在生活上或文化上向西非土著人学习，影片《与狼共舞》谴责了现代文化对印第安人传统文明的侵入，但没有哪个美国移民会像印第安土著那样刀耕猎狩。在我跟美国学者劳格文和包筠雅的接触中得知，他们对中国文化的深厚兴趣仅仅是满足考古意义上的好奇。当然，他们的基本立场是批判的，比如对"学而优则仕"、对家族观念、对"面子"，诸如此类。作为远东文化的研究者，这两位博士的工作态度令人感动，交谈中，我从他们的眼神里看出一种对弱者的同情；一种人类对初始生活的缅怀；一种对物质贫穷加精神匮乏者的怜悯。

有些别有用心的人巴不得将西方的传统美德和家庭价值的复归统统写进儒家的功劳簿上，事实上，那些喜爱孔子或京剧的西方人了解和热衷的只是皮毛和形式的东西。如果指望他们会因此淡化自由意志天赋人权，那我们就未免过于自以为是了。通过形式的张扬而推广儒家内涵的路子是行不通的，就像把所有的雕栏画栋亭台楼阁扫荡干净，也扫不去我们在老宗法传统里打转的心思。

国学：我们的理想？

中国文化的最大偏失，就在于个人不被发现。一个人简直没有站在自己立场说话的机会，感情要求全部被压抑、被抹杀。"克己复礼"，美德开始于自卑：认识自己的无能、渺小和思维的局限。一个人必须为他人牺牲自己，必须把他人的利益置于自己的利益之上，必须为他人而生存，为他人奉献是存在的唯一正当性，自我消灭是最高的义务、道德和中庸价值的实现。这就是为什么从本体论的基督教到方法论的相对主义，都源自东方，取自东方，却用于西方，繁盛于西方，从而令西方有今天的所谓强势。

当"溥天之下，莫非王土；率土之滨，莫非王臣"时，所谓利人者不过利王利君也。每次皇帝粉墨登场，必定在标榜自己是所谓顺乎天理应乎人性出乎公义的真命天子，所作所为乃奉天承运替天行道。然而，他理直气壮顺奉的天到底是什么？就是弱肉强食物竞天择适者生存的丛林法则，所谓民以食为天。其所奉之天不就是打天下出政权的拳头刀矛枪杆子吗？所谓替天行道，不过就是用暴力迫使别人就范成王败寇吗？历史经验教训了所有的奸雄野心家，一定要死活抓住军权枪杆子，所谓批判的武器不能代替武器的批判。"刘项原来不读书"，刘邦居然是个目不识丁的市井无赖，这是经史学家反复考证的事实，然而，儒学恰恰是在汉代兴起，涌现了董仲舒等扛鼎人物。好玩吗？心酸吗？

　　辛亥革命的仁人志士把美国的三权分立政体搬到中国后，却变成了蒋家王朝；马克思关于社会主义的所有制理论在我们国土上却成为了"一大二公"的大锅饭；西方商场上的交际应酬则变成了请客送礼的讲究排场。更有甚者：贯彻法治却要靠运动并与干部的政绩挂钩；亟待立法的问题靠树立英雄模范来解决；一篇评论员文章能叫火爆的股市一泻千里；打官司成了打关系、找法律不如求上级；村委会的选举必定成为宗族的房派之争。蒋经国在台湾虽然做出亲民的高姿态，但骨子里还是用"天威难测"的老一套方法，来独断部属的命运，来强化自己的绝对权威。诸如此类不一而足，写到这里，不由令人想起柏杨先生"酱缸文化"之说：什么事情染上儒家的腐败气息就一定会使人恶心。

　　宋代理学家朱熹提出"存天理，灭人欲"，他所说的"天理"不过是"忠孝节义"这些封建道德，而"灭人欲"就是要人遵循"饿死事小，失节事大"。所以，历朝历代只有大人物不惜生灵涂炭建功立业的天理，哪有老百姓糊口活命安居乐业的人欲？如果说"太初有道，道与神同在，道就是神"是生命的实际，那么，"朝闻道，夕死可矣"就是玄乎的空谈。中国人的"道"究竟是什么？"道可道，非常道"，凭自己的"悟性"去领会吧。

早在二十世纪二三十年代，以顾颉刚为代表的一批"疑古"学派兴起，他们提出中国古史是"层累地造成的"，被后人称为"顾律"。这批史学家考证后得出结论：夏王朝并不存在，所谓三皇五帝，原来不过是历代编下的一段神话，治水的大禹也居然是一条蜥蜴之类的大爬虫。

据作者对儒家经典四书的浅陋阅读，不难看出，儒家思想的理论纲领就是仁、义、礼、智、信五德，也叫五常；实践伦理就是君臣、父子、夫妇、兄弟、朋友五伦，在五伦中，君为臣纲、父为子纲、夫为妻纲最为重要。如何把五德体现在五伦中呢？儒家规定了一整套实践程序和办法，这就是《大学》里所谓的"三纲八目"：明明德、亲民、止于至善，格物、致知、诚意、正心、修身、齐家、治国、平天下。显而易见，忠君、孝父、小人与君子是儒家思想的三个核心部分，而自由、民主、法制是构成现代社会的三大支柱。至于忠君与自由、孝父与民主、伦理与法制之间的冲突，儒家思想存在的严重悖论，作者将另文专述。

我想强调的是，中国历史就是一部"树孔"和"倒孔"史，从秦始皇焚书坑儒到汉代独尊儒术，直至当代的"批孔"和"重振国学"，中国文化经受着周期性的毁灭。农民革命总是表现出惊人的破坏性和残酷性，王朝末日战祸蜂起，便是赤地千里、城郭破碎、田园荒芜、背井离乡。"胜者为王败者寇"，为王就是目的，为王就有真理，而历史算什么，不过是"任人随意打扮的小姑娘"。"兵者，国之大事，死生之地，存亡之道，不可不察也"，兵家讲诡道、讲谋略，以克敌制胜为唯一目标，视仁义道德为狗屎。个中奥妙，看看易中天在《百家讲坛》怎么讲的就明白了。

让中国人百思不得其解的是，美国公众的持枪率那么高，为什么迟迟不向白宫和国会动手"夺权"？

做官：读书的出路？

治国平天下是不需要资格审查的，拳头大就够了，知识分子手无缚鸡之力，机会还是有的，学而优则仕嘛。无数古装戏告诉我们，只要中了状元衣锦还乡，随你报仇雪恨。而当不上官的小秀才是断然没有社会地位的，你看那七仙女下凡，嫁的是佣工的董永。电影《刘三姐》中众秀才被一名村姑驳得落花流水、体无完肤，是有深厚民族背景的：对知识分子的敌视。乡村里吟诗作画的穷酸文人始终是广大农民耻笑的对象，生活中多少人以拍着胸脯标榜自己是个大老粗为荣？想想当年"接受贫下中农再教育"为什么能振臂高呼应者云集？1950年代往后，知识分子更是文艺作品中讽刺挖苦的对象，有些教授不敢看电影、看戏，甚至也不敢看刊物。善良的老舍还曾经为剧作中的知识分子角色喊冤叫屈：

　　"有时为了找矛盾，找戏剧冲突，有几行人倒了霉，总是成为攻击对象。如果写五八年的教授，就不应把他写成孔乙己的样子。这是表现矛盾的偷懒，专找这些人，老欺负。"

　　知识分子没有独立性；知识本身没有价值，除非能捞个师长旅长干干，这就是几千年来儒家的精神风貌。中国的知识界从孔夫子起就是靠教书，靠做官，无论如何离不开朝廷。老子、庄子也是一样。秦始皇废私学，设"博士"，统一教育由官办，学法者"以吏为师"。从此以后，从汉到清一直没变。官学、私塾念的都是应付考试做官的书。所谓"隐士"也离不开官府。"翩然一只云间鹤，飞去飞来宰相衙。"最近一期《南方周末》的文章说，北京大学的希望在于，"随着社会对文科官员需求的增加，北大这样具有文科传统优势的综合性大学，在未来政坛上的表现还有相当的潜力"。

　　中国读书人躲不开政治，并不是从孔夫子开始。我们没有外国的宗教和神话的书，没有终极关怀，从甲骨卜辞起，古书都与政治官场有关。老子逃政治必须"出关"，孔子要逃也只有"居九夷"，或者"乘桴浮于海"。中国历史上是权欲盛行的社会，知识分子虽然受儒家正统思想影响，同时又受佛家、道家强大抗衡力量的左右。他们坚信"十年寒窗无人问，一举成名天下知"，梦想"达则兼济天下"，积极投身科举。很快，他们就发现不是谁都有机会做官的，他们于是选择另一套生存方式，转向田园山水。

因此，最早点燃那征服星空火焰的中国人，没能成为最早飞向宇宙的人，花炮至今还只发挥着驱鬼避邪和热闹喜庆的功能；造纸和印刷术的发达，使通书和族谱随处可见；罗盘的发明倒是让西方列强依靠罗盘针的指引逼到了我们家门口。

从鸦片战争到辛亥革命，洋务运动每前进一步都要遇到巨大的阻力，所产生的激烈争论是今天难以想象的。"师夷长技以制夷"的论战是围绕着"师夷长技"展开的，先是"是否师夷"，然后是"如何师夷"，但如果没有"制夷"的前提，"夷"是中国人断然不愿"师"的。因为这关系到政治、社会制度的选择，关系到国家和民族命运的抉择。最终结晶为张之洞的"中学为体，西学为用"已经是踏遍坎坷成大道了。"换几句话，便是学了外国本领，保存中国旧习。本领要新，思想要旧。要新本领旧思想的新人物，驮了旧本领旧思想的旧人物，请他发挥多年经验的老本领。一言以蔽之：前几年谓之'中学为体，西学为用'，这几年谓之'因时制宜，折衷至当'。"（鲁迅：《热风·随感录四十八》）

好了，历史总算走到以金钱为杠杆和尺度的经济社会。阿尔弗莱德·马歇尔在《经济原理》开篇中说，影响人类行为的因素极其繁多，但是只有两种力量是最持久和最普遍发生作用的：其一是信仰的力量，其二是经济的力量。换句话说，一个没有信仰根基、经济体制又不健全的国家，就算全国人民将四书五经倒背如流，对人类也是不可能产生什么影响的。正因为如此，我们看不到《傅雷家书》中艺术家对生命与音乐交织而成的和声语言的特殊魅力；也看不到《曾国藩家书》中政治人物阅尽繁华之后，终乃归心此岸的慎微文词。

曾出过康有为、梁启超等思想家的广东，后来不再有思想解放的先驱。广东人除了总结出"看见红灯绕着走，看见绿灯赶快走"这样的顺口溜，并没有形成一套可以向全国推广的理论体系。西方的读书人可以从政入阁；也可以在股票、期货等资本市场上纵横驰骋。即使身在学府，照样可以凭自己的思想影响政府的决策。而我们的经济学家就算满腹经纶，充其量不过是纸上谈兵的屠龙之术。人家在研究的是资源配置、谈的是投入产出，而我们的理论家们还在生产力与生产关系的问题上愁眉苦脸。

记得三年前，厦门市政协组织过一次关于房价问题的讨论，来了一群经济学家，谈了一堆专业术语，但是对"房价到底会升还是会降"这样的原始问题就是没有人敢做正面的回应。只有我这个研究客家文化的肯定地告诉记者们："在未来 15 年内房价不会降！"有记者问"为什么？"我说："中国从来就没有《经济学》，只有《政治经济学》。"

理论界忽视了分配的公平原则，回避了腐败在资源配置中的巨大作用，分配法则被扭曲为凭权力、人情关系和投机进行分配。对此，经济理论界负有不可推卸的责任。

制度：核心的位置？

1995 年 1 月，诺贝尔经济学奖得主克莱恩访问中国台湾时，企业家王文洋向他请教：哪一个经济理念，对人类福祉的增进最有贡献？克莱恩不假思索地告诉他：一只看不见的手。200 年前经济学鼻祖亚当·斯密就认为，在追求自己的利润的诱因下，生产者会在市场机制下生产物美价廉的商品，来满足消费者的欲望。宛如冥冥之中，有一只看不见的手，在挥舞魔杖，调节供需。200 年后，这只看不见的手，彻底地击败了政府全面干预经济活动的那只看得见的手。正是这只手，诱发利润、累积财富、带动经济发展。

很早以前，制度经济学的创始人康芒斯在谈论制度的功能时就曾说过："如果说支配人类活动的自我利益是'蒸气能源'的话，那么引导动力的便是制度这台发动机。"经济学研究表明，在影响经济增长的各种因素中，制度处于最核心的位置。

什么是制度？制度就是一切规范的总称。我们说制度处于最核心的位置，并不是要把经济活动变成政府行为，恰恰相反，是强调要对所有的强权或专制给予严格限制，尤其反对利用强权来规划经济组织或经济协作。哈耶克的经济理论认为，能够或应该由国家或政府有意识造就的那部分社会秩序仅仅是全部社会秩序的一小部分，而大部分社会秩序则是自然形成的。哈耶克对非政府的、民间的、自发的社会组织倾注了极大的热情，因为自愿组成的联合团体通常比国家用强迫力量形成的更加有效。强权可以驱使人们去堆砌长城、去挖掘大运河，却不能完成工业革命这样的壮举。

哈耶克的洞见纠正了中国近代伟人们的见解，比如孙中山就认为中国人太自由、太散漫，以至于一盘散沙，原因是个人主义作祟，自由主义太多，因此集体主义、统一的意志是当然的选择。但根据哈耶克的看法，这种状态恰恰是专制主义太盛的恶果。因为在国家统治一切的情况下，人们之间缺乏自发的强有力的活动，一旦强权暂时消失，一盘散沙的状态自然不可避免。正是专制才造成哈耶克所痛恨的"个人主义"：个人之间彼此对立，缺乏基于个人自发形成的组织。正是在这个基点上，他极力反对国家干预经济生活，鼓吹个人自发、自愿活动的重要意义。

路德维希·冯·米塞斯在《人类行为》中指出，市场经济是生产工具私有条件下的劳动分工的社会体系。每一个人按照他自己的意志行事；但每一个人的行动旨在满足他人的需要，又满足了他自己的需要。他说，市场引导个人活动能最大限度地服务于他的意愿。市场只有合作没有强迫和强制，市场的根本特征是平等和自愿。机会均等就不保证每一个人在起点上平等，而是保证了过程、程序和规则平等。从本质上说，在制度面前人人是平等的。马哈蒂尔在这个问题上是犯错误的，他认为"政府有权控管市场"。

决定一家企业以至一个地区或国家成功与否，往往不在于政府所作的努力，而更取决于它们在文化背景长期的结构性趋势中所处的位置和机遇。事实上，在东亚兴起以前，信奉新教的英、美和信奉天主教的意大利城邦，以至信奉伊斯兰教的阿拉伯商人，亦曾执资本主义世界的牛耳。日前，我在刊物上读到加拿大著名企业家金斯利·沃德写给投身商界的女儿的一封信，他认为企业家并不刻意为自己人世间的遭遇保持一个距离，因为过多地省悟人生的底蕴和限度，就很难在这个浮华世界上成为一个踌躇满志的风云人物。他是这样教导女儿的："与其默默地看着这个难得的机会从你办公室的窗户外面飞到竞争公司去，倒不如试过之后再失败的好。"

"国情不同。"有人这样说。近年来不断升温的"东亚模式""儒学复兴"以及与之或有关或无关的各种"弘扬论"、本土、民族、国学论，导致对世界一体化的过分敏感。被激发出来的狭隘民族主义很容易就会犯下非理性的错误，《中国可以说不》就反映了这种情绪，何新之流的辩护跟"国情论"不无关系。对那种轻言国外相关制度与观念不符合本国国情的态度是应当有所反省的。电影《青春之歌》里也有人大谈国情，那就是国民党的监狱长，他谈国情是为了劝导林道静不要"过激"。

托夫勒《第三次浪潮》之所以能在中国流行，是因为满足了我们一个强盛的梦想。《大趋势》的作者 J. 奈斯比特不久前出了一本"未来学"新著，名为《全球化悖论》。他们在美国的名气不过尔尔，亚洲却需要他们。"世界经济越大，其小角色的戏越重。"地方化、区域化、自治化的呼声越来越高，区域性的经济、政治、文化的作用越来越强。他认为资本主义世界体系正面临着三大内在困境或危机：积累的危机、政治合法性的危机、地缘文化论的危机。由于当代电子信息革命的作用、旅游成为全球化工业的主导、亚洲特别是中国经济的崛起，使 21 世纪无可争议地成为"龙的世纪"，亚洲成为"经济超强"的日子指日可待。我们爱听别人的危机，这本书在亚洲的流行是必然的。

然而，奈斯比特所描述的区域性文化到底指什么？我们在亚洲许多国家和地区看到，文化被当成一种可出售的商品用于观光。为了迎合异文化游客的好奇心，当地人不得不将他们原有的活生生的系统性文化压缩到原来的几分之一，使之变得戏剧化，从而更具有观赏性。另一方面，国家利用这些戏剧化了的文化来获取大量的外汇资本。这种文化的商品化已经失去了我们所说的日常生活的常态，它的内涵与结构都同时发生着异化。当然，建立在这一基础之上的异文化观念也难免陷入一种错觉之中，改变了活法，我们把它命名为"文化搭台经济唱戏"。马克思说，文化是社会意识的总和。那么，这种被高度压缩过的文化到底是什么的总和呢？

潮退潮会再来，花谢花会再开，在世界一体化的今天，经济肯定还会上扬。预测中国经济何时超过美国，早已不是国际新闻的热点了。今年五月下旬出版的美国《新闻周刊》认为，中国经济将很快超过美国；两天后，俄罗斯科学院预测，到 2020 年，中国将成为全球第一大经济体。

但是，一个以"忠君孝父"为核心的封建文化体系随风飘逝了，丧钟已经敲响，谁会为僵硬的尸骸哀哭？

还是引用索罗斯的一段话来结束本文：

"我们需要什么样的社会？'让自由的市场来决定！'是公认的答案。"

只要不是靠官商勾结而发迹的资本家都会认为，这一回答揭示了开放社会所依靠的价值观。

（本文原载《粤海风》2007年第4期，所以叫十年祭，特注）

谁不说我家乡好

喝酒世家

喝酒世家是谁家？当然是我们吴家。

我老家连城罗坊的老酒、鱼豆、芋头、线面并列为四大特产，尤其老酒更是闻名遐迩。五年陈年老酒喝起来醇香顺口，但非常上脑，三五碗内就足以让莅临指导工作的有关领导忘了自己到底来干什么。罗坊人家家户户酿酒，设备齐全技巧纯熟代代相传，男女老少齐上阵，像北方人包水饺一样普及。方圆百里，不知道罗坊人会喝酒，比写小说的人不知道鲁迅更可笑。

我大舅有一个宏伟蓝图一直没有实现：把所有的男性亲戚叫到一起，包括姑丈姨丈姐夫妹夫堂兄堂弟姑表舅表，既然大家都能喝，看看到底能喝多少瓮。大舅说这话的时候我父亲和我们兄弟都在场，大家很兴奋，沉浸在理想中，摩拳擦掌跃跃欲试。现在，这个理想已实现不了，原因是父亲和二舅先后去世，主持人大舅老矣，不胜酒力，我们堂兄表弟又为生活所迫各奔东西。

　　父亲撒手人寰的前两个月还能一口气喝一瓶高粱酒，老人家得了血癌，事先毫无知觉，等感觉到身体不适检查出来已经是晚期了。父亲在子女面前当然不会放开喝，很节制。印象中，我才五六岁他就喜欢领我赴宴，敬酒划拳赚了一碗又一碗的老酒，自己喝不了就让我代劳，我一两碗就酩酊大醉，趴在桌上呼呼大睡，等曲终人散了便背我回家扔在床上了事。我读书了，他也不太劝我喝，知道酒精伤脑影响成绩。读了初中、高中，寒假暑假同学互相来往，免不了老酒伺候。我主张硬干，同学们欺负我拳臭，主张抢三什么的。父亲听到拳令一定从厨房出来，笑眯眯地站在我身后，看我被同学打得落花流水搓手干着急。实在看不下去一把拽开我说，我来我来你这个笨蛋。果然三下五除二把一群张牙舞爪的同学杀得片甲不留。父亲很高兴，满脸的得意劲儿。同学们知道山外有山，对他不敢小觑，言行举止收敛许多。一次，父亲跟他一桌朋友正在酣战，两条狗在桌下争骨头打架，影响了酒兴。父亲很愤怒，一手揪一条尾巴，一前一后将狗扔出去，两条大狗从上厅飞过天井、越过下厅栽在大门口泥地上，半天起不来。大家目瞪口呆，父亲扎扎实实当了一回扔狗英雄，雄赳赳的模样一点不比武松逊色。父亲喝酒身怀绝技，尝一口就知道碗中酒酿了几年，误差不会超过一个月。遗憾的是绝技失传了，我三兄弟绝对没喝到这种水平。我叔叔掌握了一些，但误差要扩大到半年之久。

　　祖父病逝那年我才六岁，我只是站在高高的木质门槛外望着祖父写毛笔字，祖父撩起长衫走路的样子很像个学究，与他的木匠身份相去甚远。父亲一直以祖宗三代不会抽烟只喝酒无比自豪。据父亲说，祖父极能喝，没遇过对手，只有一次喝醉了拔出烧红的铁钳往我姑丈身上捅，姑丈吓得拔腿就跑，祖父提着铁钳后面追。姑丈是二十里外的山里人，追到姑丈家祖父酒醒了，很不好意思。姑丈当然不敢跟岳父大人计较，只能温酒炒菜招待，不料祖父又喝醉了，重新烧红了铁钳捅姑丈。

闽西客家人以热情豪爽好客著称，以会喝酒为荣。喝四斤一壶老酒的量根本称不上会喝，喝不完一壶的才是丢人现眼。我哥反对我干这个干那个，从没反对过我喝酒。春节期间我和二哥回家过大年，大侄子欠了小店酒债，老板天天来要，包括大哥在内都没有指责过侄子。喝酒欠债天经地义。老家规矩是父债子还，子债父不还，侄子那几天不知溜哪去了，老板不能向我们兄弟要。老家又有规矩，要债截至年三十夜，到了大年初一又要年底再说了。

每当有人夸我海量，我总要谦虚一番：我有什么，我二哥才真正海量。二哥曾以两瓶半莲花白击败全桌朋友破纪录，虽然住了一个星期院且被老婆骂得狗血淋头，但毕竟树了酒威。二哥跟朋友吹牛，我有什么，我弟弟才是海量。朋友说我认识你弟弟，广播电台那个是不是，不如你不如你。二哥改口说，我跟我弟弟加起来喝不过我大哥，我大哥才真正的厉害。没人认识在老家的大哥，大家找不着来比试比试，嘴里啧啧称赞心中甚为不服。我的朋友渐渐地也认识我二哥，不就税务局那个嘛。我也只好搬出家里的大哥来吓唬他们。

大哥是木匠，祖父家传，手艺精湛，从盖大楼到架拱桥模板，从棺材到轿子，从家具到沙发，从风车到水车，从饭甑到尿桶无所不能。冬季年底是他的大忙季节，赶新房子过年的，赶新家具结婚的纷纷请他。他带了一帮徒弟吆五喝六地奔忙着，家家户户好酒好肉款待。吃得他肥头大耳，粗圆的双臂在胸侧滚来滚去，与夏收夏种农忙时节黑瘦的形象判若两人。那次一伙同事要去我老家玩，在车上大哥被我描绘得神乎其神，仿佛是传说中脚底出水头顶冒汗的不醉翁。同事们战战兢兢的神情反弄得我提心吊胆，生怕大哥扛不住扫了威风。恰好大哥不在家。我大声吩咐大嫂，先放两壶老酒在锅里热，然后把大哥找回来。大嫂真的提了两个大锡壶去瓮中灌。同事们面面相觑，都说不在算了不在算了下次再来，争先恐后往车里钻拦也拦不住。

　　闽西客家人酒规纷繁复杂，名目层出不穷。工作开始喝兆头酒，结束喝庆功酒；客人来了喝接风酒，走了喝饯行酒；朋友出门喝顺风酒，回来喝洗尘酒；结婚喝红喜酒，死人喝白喜酒；搬房子喝乔迁酒，生孩子喝百岁酒；过生日喝长寿酒，考中喝高升酒；提升喝上调酒，退休喝逍遥酒；有病喝药酒，住院回来喝康复酒；赚钱喝庆祝酒，倒霉喝压惊酒；鱼头对谁喝鱼头酒，不对鱼头喝鱼尾酒；迟到喝入席酒，早退喝退席酒；早上喝以酒代汤的涮水酒，中午喝下饭酒，晚上认真对待喝个痛快酒；无酒不成席，不醉不算喝酒。我们的小命泡在酒坛中，有人如鱼得水有人淹得咕噜咕噜冒气泡，就算你抖擞精神全力以赴也不能应付其十之一二。

　　我家乡的饮食业欣欣向荣，满街是酒馆。外地来的客人却极少在大街上遇到酩酊大醉的酒鬼。酒鬼嗜酒如命，如一具浸泡酒精中的标本。而我们是酒徒，是酒的崇拜者。在强悍豪放的客家人内心，一定有一块干涸的土地在龟裂，需要用酒来浇灌它。仰视它，如仰视我祖先艰难的足迹。

冬年狗　吃会走

老家把冬至叫冬年、元旦叫新年，以区别于大年（春节）。正月桃、五月粽；七月半八月半，糍粑米板颈上挂。冬年吃什么呢？冬年狗，吃会走。意思是冬至吃了狗肉能滋阴壮阳奔跑如飞。

鸡犬相闻是乡村的标志，它们跟人的关系较为密切，鸡是更夫狗是警卫。安分守己的狗总能受好评，女人甚至愿意嫁鸡随鸡嫁狗随狗、嫁块石头抱着走。当然，主人倒霉，也就鸡犬不宁了。不过狗腿子当得好还是有奔头的，狗眼看人低不说，狗仗人势是肯定的，一人得道鸡犬升天也说不定。猫和鸭子就不行。

活得愉快，人家说你猪闲狗乐；性子一急，别人就骂你狗急跳墙；太平庸就是蝇营狗苟，好不容易大功告成，立即被人说：嗬，还真人模狗样的了。而且要不动声色，不然就有人骂狗的祖宗：狼子野心，昭然若揭。鸡和狗的地位是截然不同的：金鸡独立雄鸡报晓，狗拿耗子却是多管闲事；过大年杀鸡宰鹅砍猪肉，就是狗肉自古上不了神桌。谁拿狗肉祭祀，准被长辈骂得狗血淋头。狗娘养的；狗东西；狼心狗肺，不把人骂成狗哪能解心头大恨。"困倦时，留神门户防野狗。"鸡是德禽，画家爱画，狗就无人问津了，否则肉包子打狗一去不回。

可是狗肉的确好吃。别说咱们凡人，闻到狗肉香，神仙也跳墙，不然古时候怎么会朱门狗肉臭、路有冻死骨呢？狗肉太燥，夏天吃不了。盛夏酷暑，狗肉炒辣椒配老酒，吃了不流鼻血就让人佩服了。冬天吃狗肉还有另一个原因：开春之后，油菜花开，狗们喜欢在油菜地谈恋爱，免不了要伸出舌头接吻或排汗，如果舌头被蜜蜂蜇了，狗会发癫。疯狗出现，全村悚然。因此，冬天要先消灭一些。狗们一到冬至，看到人们鬼鬼祟祟的目光，都表现出温顺的样子，垂头丧气贴着墙根溜来溜去，往日的威风荡然无存。

狗祖祖辈辈跟人打交道，学了一些东西，你突然给它好吃的，它会警惕起来，不容易中圈套。弄死一条跟人差不多聪明的大狗要使出对付人的办法才行。你以为它死了，其实还苟延残喘，躺了一会跑得无影无踪。所以，狗断气后，得用绳子系住，挂一段时间。

村里有个叫"水头"的人很有一套致狗于死地的手段：棒打、绳套都算不了什么，他会很友好地将一根导线放它嘴里咬着玩，另一头突然塞进插座，狗连叫一声的机会都没有就稀里糊涂被割下狗头。再恶的狗他也敢掐它脖子、拎它尾巴往墙上撞。不等退毛，他就可以挖开肛门，狗直一根肠先抽出来炒菜吃，动作麻利不亚于庖丁解牛。狗即使活过来，不见了肠子也没法苟且偷生。冬至一到，忙坏了"水头"。全村的狗都认识他，有段时间对他很不客气，看见他就愤怒地呼朋唤友，大有群起而攻之的气势。通常我们踢狗的肚子，这样很危险，狗会掉头咬你的脚。"水头"踢狗也别致，专踢狗嘴，又准又狠，三下五除二狗们就呼爹喊娘落荒而逃。狗怕弯腰狼怕蹲，我们看到面对群狗的围攻，"水头"镇静地一弯腰，狗们误以为他在捡石头，四散逃命。后来，狗们终于面对现实，看见他只能远远地低鸣几声缩回狗洞了事。

冬年是狗的忌日，人欢乐狗发愁，它们真是坐立不安度日如年。整个村子弥漫狗肉香，今天吃不完明天吃狗冻，有狗肉的端一碗给没狗肉的邻居。所以，冬年这天基本上能吃上狗肉，为春耕补身体、作准备。

如今，城里人正规请客也上狗肉，狗价看涨，村里人舍不得自己吃，愿意卖到城里，换钱给孩子交学费。村里为数不多的狗不等长大，就要被村长拉去招待工作队，狗类老的老小的小，显得青黄不接。因此，听到狗叫，村民都说，乡长又进村了。

时代不同了，没人种植油菜和紫云英，都改种能发财的烟草。见不到花开烂漫，也就不怕狗发癫。再说年轻人都进城打工了，还补什么身体？"水头"老了，也闲了，整个冬季都在门口石磴上晒太阳。水头身边蹲着的黑狗同样苍老，掉光了牙齿糊满了眼眵皮毛斑驳，是村里唯一认不出乡长的狗。

小时候就学过："为人进出的门紧锁着／为狗爬出的洞敞开着／一个声音高叫着／爬出来吧／给你自由。"可见，只要你愿意做狗就享有比人更多的自由，众所周知，做人的限制太多了。虽说狗不嫌家贫，但那仅仅是条件反射，谈不上良心。我们知道，再有感情的狼犬，换了更富的主人，整天猪肝牛肉地喂着，没几天，就表现出对新主子无比忠诚的模样。人才有良心，这恰恰让人痛苦，因此，许多人巴不得不要良心，那该多幸福呵。

就此打住，算是狗尾续貂。

小·城风景

西窗外是一片固定的景观，黑色屋顶摩肩接踵，曲折的小巷艰难地穿梭而过，蝉依然在花木掩映的枝头鸣唱。与我平视的居民小楼匍匐葳蕤，鸽子闲散走动。阳台上闪出一妇人，抖开潮湿的布料晾起，于是空气中飘荡着陈旧而阴霉的气息。这是小城年代久远的景观。

潮汐般的市声和打夯机敲击小城的合奏打破了宁静，那里长街在旧城改造。我侧耳细听，从身后传来的重型机械轰鸣和脚手架上的叮当声中，辨别出一种呼喊与奔走。新街交错的路口是另一种景观，白炽灯与霓虹灯交相辉映，闪烁的电弧展现行人匆忙的身影及诧异的神情。

冠豸山下沿河摆开的彩灯已成夜市，携带妻小或三五成侣的人们以此为长长的甬道，迤逦地寻觅且游走。然后聚在某一个点上，夜色中诸多心事随啤酒泡沫升起，向同伴倾心表达。这是崭新的夏季景观，悸动的小城昼间呼喊与奔走的困倦，终于在黑夜有了歇息之所。

客走人散，九曲文川缄默流动，恬静的细语预兆气势磅礴的悄然来临。

夜晚，刚竣工的新楼散发白色光芒，以迷人的期待向明日展示。明日是渴望中的事变，她将和我们的目光一起，迎迓明日新的日出。而那一块尚未砌建的空地，甚至有虫子轻微的吟唱，它们逃离了世代不变的故居，为巨大的新家而歌。月光照彻家园，它们展开无边的想象。突然它们一片喑哑，是竹棚里守夜老人一声沉闷的梦呓。深夜的景观中，也许还有倦鸟从空中掠过……

薄雾弥漫中，让我们来看看晨间景象。期盼中的明日已经来临，清洁工长柄的扫帚收拢黑夜的碎片，以女性的温柔轻轻抚过小城的肌肤。一对学生奔跑过来，他们小声议论开学第一天认识的新老师，足尖点地，弹奏青春的话题。清洁工抬头眺望时，他们已跑了很远，只见小姑娘的长辫从左肩甩到右肩。接着有挑菜的农民进城，他们朝自己认定的方向埋头疾走，早起的司机也发动中巴，向他们相反驶去，他们稍稍靠到路边，并不抬头瞻望。至此，街上行人的身份便复杂起来，开始忙碌自己的事，只有收剑而归的老人会驻足街头，四顾喧嚣起来的街景。

今天，楼层向上垒高、路面朝远伸展，我看见千万种心思奔光芒而来，依然敲击着黑夜又白昼的大地。所有的花朵和枝丫都与人合计，呈现明日新景观。

我看到今日明朗的背景和明日温暖的表情，炎热而无言的风在你我的耳边悄然溜过。

盛夏，小城新风景。

土楼之夜

是谁，苍凉的胸膛被沉重的一击，打开封闭的记忆之门；是谁，在振成楼巨大的背影下徘徊，久久不愿离去。

立于议事厅正中，目光穿越大门，暮色苍茫中，深黛山峰成迤逦，我看到了客家祖先艰难南下的身影和迎风的孤苦愁容，听到他们步履维艰的粗重叹息。无论是长途跋涉的一闪念，抑或是深谋远虑的集体智慧的结晶，总之，当他们第一次夯实土墙，圈起家园的时候，也筑起默默无闻的性格与深怀不露的自尊。

高大厚重的土墙抵御了狂风暴雨和来犯之敌，迫于饥馑或战乱举家南迁的客家人深深知道粮食的重要，整整一层的粮仓堆满了欣慰堆满了安全感。女人把蔬菜切碎晒干，掖进罐里，这种黑褐色的菜食帮助他们度过无数个岁月，以至于成为民间特产。我从晒在瓦枧上的干枯芥菜中，闻到一股亘古未变的气息。

土楼不是随遇而安的安乐窝，封闭的生活坚定了居民的突围意识，院中踱步的长者满怀焦虑。土楼之夜，文友们在亦可充当戏台的大厅载歌载舞，我爬上专供客人看戏的楼厅，发现凡是主人坐的位置总是不同程度地被柱子挡住，也就是说把理想的位置让给客人而自己看得并不舒服。好客中包容了多少克己与礼让。

在跪拜祖先的后厅两角，斜挂大镜，正好能让跪者看到自己的面容。我站在那里，从镜中感受先人的良苦用心。能一日三省吾身者，谁敢小觑？大梁上的对联提示每一个后人该怎么做：振作哪有闲时少时壮时老年时时时须努力；成名原非易事家事国事天下事事事要关心。走出大门的一代一代子孙怀着对目标的清晰的坚定性，足迹踏遍天涯海角，成功了，树起一座丰碑；失败了，撒下一片心头血。冥冥中的祖先可否收到频频而归的捷报？

伍实楼以三百年的历史倾诉它的世事沧桑，坍塌的一角古墙目睹了不屈的英雄故事。高低参差的黄土更容易寻找祖先创业的蛛丝马迹，抓一把在手心，就是一把血泪的辉煌。废弃的瞭望台让我们展望楼群田野，空气中弥漫着稻草的味道，从前居民楼道里奔跑持枪抗敌的咚咚脚步声至今仍回响在半边废墟半边楼之中。我想起故乡高垒的寨墙和深砌的水陂，寨墙石隙猴姜碧绿茅草摇曳，手把镰刀头顶草帽的少年，为高山仰止的寨墙和深可没顶的水陂作何用途百思不得其解。走出田间小道，蓦然回首，墙上一个硕大的狮面图腾狰狞狂笑，捉摸不定的象征意味让人匪夷所思。

土楼一夜，彻夜难眠。同室老詹讲叙关于家的命题，两床间的小柜挡住他的半边脸，胡茬环绕的嘴接踵而出忧伤的回想。出来四楼走廊，月光下的天空被楼拥抱，呈现月牙形的亮色，琉璃瓦沿叮当作响。

　　我在我的轨道上，回望客家祖先的苦难史。让我们打点行装，重新上路。

如梦石门湖

石门湖让我深深眷恋，但我从未对它表达过只言片语，就像一个人对他重要的心路历程总是不愿提及。石门湖，我会亏欠你吗？

这一年中秋，在亲人团聚的佳节，父亲走完了一个中国农民苦难的人生之路离开人世。当时我是个豪情万丈的美少年，闻噩耗匆匆从军队赶回家，在父亲灵前作彻夜痛哭，心里是失去依靠的绝望，不再有什么能托住我悬空的信心。同学劝我去石门湖走一走。

石门湖出奇的平静，阳光铺在湖面，反射出金属般的亮泽，安祥地等待我的邂逅。远处是葳蕤的松林，与蒸腾的雾霭融合成缓动的流岚。导游用一根冗长的绳子启动机船，说了许多优美的话语，但不等我们听清，就和松涛一起，被秋风吹到了另一边。游船离岸，激起细致的波浪，数只拴住的小船于是晃荡着，晃荡的还有凉亭下一个女人亮丽的幻影。迂回曲折的湖水柔和如梦，山谷间似乎有樵夫空灵的回音，水巷悠悠，不由回忆起幼时骑在父亲肩上经过村巷的美好时光。

同学辅以手势，作关于山光水色的解说，我的心思也就漂泊在茫然的湖面上。

穿过罕见的桃榔幽谷，和年代久远的寨门，冠豸山向游人展示太平天国的真实传说、林则徐的大家风范，以及时间不祥的爱情故事。沉甸甸的历史在游人欢乐的脸上留不下尾声，被风霜雪雨无数遍磨砺的粗糙山石也不可能找到昨夜的泪痕。鸟瞰山下县城的滚滚红尘，一生平安仅仅是个人的祈愿。

想一想我们自己是从什么时候开始需要寻找湖水般的宁静，就知道石门湖是什么时候从一个农田灌溉水库变成旅游名湖。某一个夜晚，在某一个简陋的房间，数名壮志未酬的青年谈论高难度的恼人话题，直到东方破晓，传来老人操练气功的阴沉音乐。推开窗门，枝丫间的清新气息和鸟的歌谣迎面而来，有人说，今天是九九重阳，我们为什么要画地自狱呢？于是不约而同地想到了石门湖。

我们每人一桨，配合了许久才使鸭型塑料船离岸，不在乎去哪里，重要的是能够往前。有人唱，是非成败转头空，青山依旧在，几度夕阳红……曹操的铜雀台竣工，请大客，那时老曹已经功成名就了，他借着酒意说，社会上传说我想当皇帝，你们搞错了。以为曹操想当皇帝的人是目光短浅的，因为他的优势就是挟天子而令诸侯，自己当皇帝肯定全民共诛之。刘备靠哥们义气打天下，关羽败走麦城后，刘备不听孔明劝阻，非要为兄弟报仇雪恨，蜀国从此走下坡路。这就是生命的律：你有多少力量就有多少局限。所以有人接着唱，古今多少事，都付笑谈中。

辽远的绿水青山，以静谧的雍容华贵接纳了一切聒噪和喧言。

此时下起了骤雨，我们躲到横空的崖石下。雨帘飘过山峦，起伏的翠绿染成黛青，所有景致涸成蒙胧的一片。湖面掠过归巢的倦鸟和胡乱挥桨的惊慌女孩，以及它们和她们夸张的呼叫。大坝上，一伙年轻的泳者伸张双臂，迎迓风雨的来临，依然一头扎进水中，画出优美的弧线。一对黄鹂从这个枝头跳到另一个枝头，警惕地向我们张望。石门湖在风雨中不动声色，没有照天烛的飞扬跋扈，也不像五姐妹那样顾影自怜，五老峰上的飓风，吹不起狂涛巨浪。石门湖以短暂的历史，沉淀了平安与坎坷、富足与贫穷的变幻时空，目睹了血腥的罪孽，包容了屈辱的谋杀。石门湖，惯看秋月春风。

面对沉默，我们明白人生应当有坚定的立场，出现多少摇摆就有多少悲伤。这段经历成了记忆，每当有人唱起滚滚长江东逝水，就联想起石门湖的雨景和那个通宵的话题。

如果是冬天，在福建西部的冰天雪地、在你特别需要温暖的季节，石门湖更是一片生机盎然的动人景象。白雪皑皑的群山之间，这个翡翠般的湖面有一种凝脂似的弹性，柔软的波动触手可及。又开五指插入水中，就像被一只多情的手握住，一股善解人意的抚摸从指尖传到胸腔，却除你心头的肃杀之气。寒风拂过，披挂冰凌的树冠互相碰撞，发出铜片被弹指的脆响。山鸡拖着艳丽的尾巴，如吹不灭的火苗，在洁净的视野中闪烁。北方归来越冬的水鸭成片而栖，它们成群结队飞掠林梢呼亲唤友，褐色脊背为平展的湖面点缀浮动的斑斓，灵巧地东张西望。

　　船在水上，人也就在袅娜的雾气中，心境也同时旖旎而熨帖。假如是晴空万里，阳光便在山腰雪堆折射出七色轮圈，意想不到的地方会有彩虹横卧。不知名的小动物踩落枝头积雪，扬起纷繁的一团。侧耳细听，峡谷间有伶俜的涧流，湖弯拐角处，端坐一名孤傲的垂钓者，硕大的草帽遮住了他不详的容颜。

　　春天，杜鹃花盛开成翠岛的彩色山裙，肩挎水壶的老师摸着学生的头清点人数，湖面水巷到处是踏春的孩子们甜美的笑声。只有在涸水的秋冬，人们环视缩小的水面和一圈赤裸的黄土，才会想起石门湖肩负的使命：浇灌干涸的稻田。

　　我一遍一遍来到你面前，石门湖，当我们悄悄对视，心情就像国画中古老的村舍，悠久、寂寞、和谐。所有仇恨、愤怒、骄傲，都被溶化为爱、盼望、谦卑。面对你的宽容，我们要学会自审，特别是在这个不需要感恩的时代。即使身在异乡他水，只要石门湖尚在，血管里就流动青春的节拍，生命的故事与经历不再分开。

客家经典培田

何谓客家？《说文解字》曰：客，寄也；家者，长久、稳定。

自魏晋南北朝开始，我们的客家祖先被战乱与屠杀所驱赶，他们拖儿带女、携带细软与族谱，越过北方的遍地狼烟，向长江南岸大规模逃亡。在他们身后，是燃烧的家园、叫嚣的追兵和冰冷的尸体；而他们所面对的，是土著的驱赶、瘟疫的蔓延和死亡的威胁。苦难的过程穿透隋唐之末，到达一千多年后的明清之交。南方的丛山峻岭收留了这些寄居者，为他们阻挡着北方王朝和南方土著的视线。一个难处发生了：如何才能长久而稳定地居家？

在闽西众山之中某个笔架式的川谷里，有个叫培田的小乡村，可以说是客家人为实现长久和稳定而付诸行动的典范。它"水如环带山如笔、家有藏书陇有田"的生活状态是一个经典的杰作，记录着客家人重返家园的梦想。这里有 30 多幢连片成群的深宅大院，最为著名的是大夫第"九厅十八井"，以及历经五百年沧桑的南山书院。

从汉朝开始，孔孟之道就取代了诸子百家的理论，成为上至庙堂之高下至江湖之远的指导思想，而且随着时代的发展，全社会对它的依赖程度越来越大。到了唐宋两代，中国经济重心发生了巨大的变化：由华北旱田地带转移到华中和华南的水田地带。经济基础决定上层建筑，过去为豪门大族所垄断的官僚阶层，到这时改变为官僚与绅士相表里。为防止叛乱，军队中的将领逐渐丧失了左右局势的能力，朝廷确立了以文官为主体的统治原则。社会格局的重大调整，使帝国中央不得不创立以科举为核心的新的政治体系，用来团结朝野成千上万的优秀分子，即读书的士人。

假如是被战乱所驱赶，应该藐视无能的朝廷；假如是为官兵所追杀，就应该仇恨残忍的官府。事实上，任何对帝国的藐视和仇恨都始终被客家祖先视为大逆不道，因为他们深深懂得，只有回到儒家忠君孝父的怀抱中来，才是这些寄居者的唯一出路。再也没有比客家人更富有撰修族谱激情的民系了，被虫蛀而残破的谱系、风雨中摇摇欲坠的祠堂、祖先枯燥乏味的姓氏起源，构成了乡村长者日常事务中最重要的部分。在这些粗陋的牌位和简明的印刷物之间，他们退化了曾经强烈的反叛精神。

早在五百年前的明朝成化年间，培田的吴氏世祖就伐木割草，盖起了"石头丘草堂"，聘秀才儒士为师、设置科举课程，开辟学田 70 亩，以应教学之需。到清朝末年，共培养了翰林、举人、秀才 50 余人，"开长连十三方书香之祖"，明清两代在朝廷供职的就有吴玺等七人之多。清流人氏尚书裴元章考察南山书院后感慨万端，挥笔题联

"距汀城廓虽百里；入孔门墙第一家"。

要知道，在清代之前，培田村不过是"宣河里六图三甲"。书香绵延至今，人口仅1500多人的小村，经读书而走出山门的就有200人之众。难道熟读圣贤书、能写华美的八股文章就具备了做大官的条件？即使武生的考试也是重在刀枪弓马的娴熟程度，由文官主持的笔试从未涉及军事科学。从前的客家人早就理解了个中的精妙奥秘：中央集权的帝国以道德为精神支柱、以文牍为管理方法。而胸怀仁义道德、熟稔文牍往来的文官虽自称公仆，实为国家主人。

客家人获得成功的关键，在于他们清醒的现实感：从来不做不可能做到的事，然而在可能的范围内，他们会做到尽善尽美。

在封建社会里，各种职业基本上出于世代相传，体制所给予人们选择职业的自由是不多的。一个南迁的客家人如果期望生活富裕并获得社会声望，唯一的可能就是读书做官。路漫漫其修远兮，做官的目标要实现谈何容易？他们采取的方式是，创业的祖先不断地劳作，首先巩固耕地的所有权，通过勤俭劳累获得别人耕地的抵押权，从而逐步上升为地主。这一过程就需要几代人的努力。经济条件基本许可，子孙才可能获得受教育的机会。

所以，表面上看，考场内的笔墨搏斗，可以使一代清贫立即成为显达，其实幕后的惨淡经营历时久矣。在多数情形下，母亲和妻子的自我牺牲必不可少，所以，士人经过多年勤勉而取得的功名，接受者虽是个人，基础则是全体家庭成员共同打下的。因此，功名的获得者必须对家庭负有道义和良心上的全部责任，保持与宗族休戚与共的集体观念。

这一点至关重要，它可以解释三个问题：为什么皇帝诰敕的总是孝子贤孙，或是目光远大的父母和能够周济邻里领导地方的正人君子；为什么士人把衣锦还乡看成是功成名就之后的第一要义；为什么忘恩负义、喜新厌旧之徒会遭人唾弃？培田首富"百万公"吴昌同倾其所有捐资办学，因此被当朝天子诰封奉直大夫，晋赠昭武大夫。

重教精神与育人成果使小小培田村名震朝野，光绪皇帝圣旨赐建跨通石牌坊二座，一座为宫廷侍卫吴拔桢树碑立传，另一座表彰吴昌同"乐善好施"，分别立在村头与村尾两个路口。一面刻"圣旨"，另一面刻"恩荣"，进村拜谒"圣旨"，出村感念"恩荣"。自此，官员进村文官下轿武官下马，而且"十里息锣，三里下轿"。

庞大的封建帝国，本质上是无数农村合并成的一个集合体，礼仪和道德代替了法律。近代史表明，现代化的科学技术与古老的社会组织水火不容，不是新的技术推动社会组织趋于精确和严密，就是松散的社会组织扼杀新的技术。

事实上，客家祖先的所有努力并没有营造出辉煌，世俗的功名利禄在后人身上得到正言的同时，逃亡的耻辱被彻底遗忘了。可以说，今天的客家人已经远远比生活在本土的中原汉人更加保守与禁闭，除了从破旧的族谱中寻找先人的荣光，只有远涉重洋的富豪巨贾荣归故里能说明这个民系的优越。

培田村的深宅大院，既是客家先人奋发图强的有力见证，也是客家人梦想未来的经典著作。

赖源的景物

讲到赖源的景物，首先就是溶洞了。赖源这地方，大小溶洞不计其数，有的宽敞平坦、有的曲径通幽；有的浅仅容身、有的深不可测。书上有传说：这些奇洞是观音菩萨饲养的水牛用牛角钻出来的。

我们一伙哥儿们总算邀齐了进赖源。汽车进入莽莽林区，放眼望去，公路两边是无以穷尽的森林，清冽的山风从微开的车窗灌进来，我们都有点想睡了。

是司机小吴的一个故事打消了我们的睡意，他说，赖源其实更靠近龙岩市，也就是现在的新罗区，为什么反而划给连城管呢？当时，正当两县为地界争论不休之际，汀州知府为息事宁人心生一计：让两个知县同时从县衙出发，走到会面处即两县交界。连城知县认为赖源是个好地方，他志在必得，早已布置公差在赖源备轿等候，自己从县衙策马奔驰直入，到赖源再下马换轿。而龙岩知县却是一路乘轿徐徐上山，风度是保住了，地界可是少了一大截。

我们一车人只有小吴不搞文学，这么有趣的故事恰恰由他讲出来是不是有点那个？于是，大家竞相追问此说的来龙去脉，小吴却哼起了流行歌曲。这么七嘴八舌的，不知不觉就到赖源了。

赖源乡人稀地广，既没有集市，也没有墟场。仅有的一段短街散布着数间清淡的店面，坐在店门口张望的闲人我们无法判断是顾客还是掌柜。我们的前面走着一个扎长发的男人，穿着也颇为怪异，然而路人都在瞅着我们几个朴素的常人。我们嘀咕片刻很快就得出结论：那个扎长发的是当地人，所以见怪不怪；我们是外地人，所以少见多怪。

赖源小，小有小的好。好就好在一团和气：街上的人有路慢慢地走、有话轻轻地说，有什么急事大喊一声那头就能听到，何必赶路呢？乡长背着手散步，好像在沉思；差几步一个卷起裤管的农民也散步，好像也在沉思。我们在街上认识了赖源首富邱先生，他跟乡政府合资建水电站投了好几百万，此时他正和几个穷光蛋围在一块下棋，见了我们笑容满面的握手，全然没有城里富翁的珠光宝气。好就好在民风淳朴：大家抬头不见低头见，谁也拿不起腔作不起势。派出所的两个警察往门口那么一站，连外来的苍蝇都要尽收眼底。再说路途遥远，就算你有时迁的本领，要把女人的细软弄出去换钱简直难于上青天。

那天我们准备游览水牛洞，路过万隆桥时大家都注意到一块匾上的序言，第一句"桥曰'万隆'，万世隆盛之业也"就把我唬住了。作者用半文不白的简练文字描绘了这座"九涧通衢、如楼似塔、雕梁画栋、飞檐翘角"的古建筑，序言最后高屋建瓴地概括说，"文物之为文物，古迹之为古迹，承平盛世永葆青春"。有好事者摇头晃脑地高声朗诵了一遍，听者也都大声叫好。向导说，作者是个老秀才，就住在山坡上。这时下起雨来，探头张望，桥外的山峦已是一片烟墨般的蒙眬。看来爬溶洞的愿望难以实现了，大家正发愁之际，有人提议说，何不去拜访老秀才？

老秀才并不高谈阔论，不管我们说什么他都含笑点头，谦卑的态度让我们索然寡味。在回住地的路上，有人说老秀才是真人不露相、露相不真人，有人说我们是半桶水哗哗响、老秀才是整桶水不响，我却想起钱锺书的一句话：吃到一枚好鸡蛋又何必去拜访那只母鸡呢？

赖源这样的小地方居然有两家歌舞厅，这是我们始料不及的。舞厅虽然简朴，音响设备却相当不错，小姐的舞姿也毫不逊色。赖源的夜晚凉风习习，舞厅里聚集着前来游览溶洞的客人，那种融洽的气氛是城里所没有的。老板告诉我们说，只要双休日，歌舞厅的生意就不错，因为赖源太远了，游客当天回不了家。

特别值得一提的是赖源盛夏的夜晚，当城市里热浪滚滚的时候，这里却是月光如水、蛙声如潮。远处一阵阵海浪般的喧响，却是深山的林涛在波动起伏。在静夜的赖源，你如果侧耳细听，还会有姑娘闺房里录音机播出的情歌，还会有婴儿在母亲怀抱中的呢喃。在酷暑的深夜，赖源却凉快到需拥被才得以成眠。我想，虽说没有进溶洞，就凭这一个美好的夜晚，我已经不虚此行了。

第二次进赖源可是听好了天气预报的，吃过午饭，把包裹撂到住房就直奔溶洞去了。书上说，赖源溶洞主要有"仙云洞"：高踞半山，以云取胜，洞口常有云雾袅袅升腾，俗称"出气洞"；"幽琴洞"：以泉见水，洞口清冽的甘泉从石缝中喷涌汇集成河。泉水叮咚，韵律悠然，如奏管弦，因而得名。洞口一石如水牛卧状，故又称"水牛洞"；"石燕洞"：相传古代有紫燕数千飞经此地，忽遇骤雨，齐栖洞壁，雨止视之，皆化为石，故此得名。我们这天去的就是幽琴洞。

刚到洞口，便有一股来自地底的清风迎面徐来，让人精神为之一爽。幽琴洞给我们的第一个惊喜就是一片天然的地下河，河水清澈迟缓，从来处来到去处去。豁然开朗处，一个巨形大厅，像一座中世纪的古剧场，墙上悬挂着各种钟乳石，它们奇异的形状启发着人的想象能力，特别是《西游记》中的一些细节。洞里洞外全然是两个不同的世界，所谓别有洞天就是这层意思吧。溶洞里除了我们的脚步和喘息，听不到其他声音，像创世之初那种深刻的宁静；没有活物，只有静物，而且它是那么谦卑地期待着你，给予你命名的权力；没有阳光道，也没有独木桥，人人平等，共走一条曲折坎坷险象环生愁肠百结的路。

赖源溶洞尚未完全开发，当然没有固定的景点介绍，这反而给游客无限的空间，把人化入了原始的自然境地。

人的一生没进过溶洞是有缺憾的，溶洞空旷的寂寞、溶洞阒然的绝响、溶洞凝固的生机，你似乎看到了世间万象与芸芸众生，其实眼前只有石头和流水，有些事情你平日里一定无暇顾及，进了溶洞就会重新考虑，比如天堂与地狱、比如前生与来世、比如壮志难酬与尘世浮华，除非你被世俗弄瞎了眼睛。

回到住地已是日薄西山时近黄昏了，冬日的夕阳点缀在一座挺拔的山顶，像一个故事无言的结局。同行的小项指着落日说，你们看那像什么？猜出来的哈哈大笑，没猜出来的搔耳挠腮。此时服务小姐走过来，她说，别笑了，我们谁不知道那像个奶头。于是，我们拉住小姐询问赖源还有什么好玩的？

小姐告诉我们，在有冰雪的冬季，赖源最好的去处是天山。天山有辽阔的万亩天然牧场，那里形成高原保暖气候，老百姓都把耕牛赶到天山过冬，等来年开春再牵回家犁田。有渊博者说，不对呀，高原气候更冷才是。小姐说，这我就不懂了，反正我家的牛也是赶进去过冬的。过了天山就是南山顶，小姐补充说，那里是三县交汇处，站在山顶可以鸟瞰三个县城。

大家摩拳擦掌，纷纷表示下次来赖源无论如何都要走一趟天山，也来那么一篇《天山景物记》。

赖源回来又得喜讯，我对面办公桌的李明卿要参加今年中央电视台的春节联欢晚会了。办公室的三个女同事都被这个可怕的消息惊得目瞪口呆。李明卿身为木偶剧团团长，他创始的木偶书法这几年来被海内外媒体炒得沸沸扬扬，没想到还能到中央台去上春节晚会，这回可是露大脸了。李明卿的师傅是中国四个木偶大师之一的徐传华，多次率团出国访问，跟毛泽东、周恩来他们握过手的。李明卿说，我要去师傅家把他的荣誉证书和奖牌借出来，以备记者采访时用。我问，你师傅家在哪里？李明卿说：

赖源哪，那里才是连城木偶的发源地。

这就是赖源，一个道不尽、玩不够的小地方。

南山书院

第一次邂逅南山书院，我就激动了。不仅是因为它的隐秘，重要的是因它的内在与精深，虽然它看上去是那样平凡，平凡到被人遗忘和忽略。

坐落在福建西部连城宣和的南山书院，现在的名字是培田小学，粗粗浏览外观，跟千百万贫困的小学校没什么两样。温暖的阳光里，庭院是那么空寂而洁静，年轻教员夹着讲义匆匆走过古旧的长廊，琅琅书声回荡在雕梁画栋的木质门窗的缝隙之间。院墙边六百岁高龄的罗汉松枯槁的枝丫间，发出金属般怪异的鸣叫，以四丈之躯突节盘虬地向天空孤独倾诉，颇似历尽沧桑的老人欲言又止。所有这些，都散发出穷乡僻壤亲切而慵懒的气息。

走在河对面的阡陌小道，山峰和森林构成的卧虎形象清晰可见，书院就端居虎的胸前。更远的山脉俨然是一条蛟龙，那起伏形成了笔架山，书院处于龙盘虎踞的吉祥中。田野与河流组成的乡村景象提示，南山书院将要在我的记忆中打上烙印。

五个世纪前的明朝成化年间，就在培田这个小小的村落，七世祖吴祖宽伐木割草，盖了个"石头丘草堂"，聘请落魄秀才，教村里的几个孩子读书写字。"二公辑教椽可数，二三弟子读诗书"，可见当时的规模是非常小的，却是"开长连十三方书香之祖"。

忠厚传家、诗书继世乃是客家教育的理想。后来，"石头丘草堂"就成为"南山书院"，扩大了建筑面积和生源，聘秀才、儒士为师，课程设置也逐步符合科举的要求。明朝正德年间，兵部尚书裴应章钦命巡视闽浙，先到汀州，再到连城游览冠豸山，然后过五石祭岭、攀千寻坡进入培田。也就是说，正是南山书院的那股文气把他给吸引来了。裴应章考察南山书院后感慨万端，挥笔题联：

距汀城郭虽百里；
入孔门墙第一家。

到清代乾隆一朝，从南山书院走出了一批翰林、国学，在朝廷供职的就有吴玺等七人之多。

咸丰年间，有两位在书院执教的才子值得一提，因为不仅反映了南山书院的知名度，也体现出师资实力。

一位是福州人氏邱振芳，此君不擅八股屡试不第，又无视皇威，竟一怒之下揭了皇榜，并在榜上疾书"皇天无眼"四字。从此，邱振芳整日流荡街头，空有满腹经纶奈何时运不济。一日，街头围观一老者，只见他将竹筒断成圆圈，两个圈扣成连环出售。竹环相扣居然找不到缝隙，众人拍手称奇。老者说，诸位买也后悔不买也后悔。大家不明其意，反正才一个铜板，不妨买一副。原来，买的回家后竹环变成金耳环，非常后悔，干吗不多买几副呢？没买的人更是后悔不迭，早知如此，好歹买一副。只有邱振芳看出破绽，这手持洞箫的老者不就是八仙之一的吕洞宾吗？

邱振芳问道，"老者何必卖姓？"（两环相连成吕）

吕洞宾老大不高兴，"举子不必多言。"

邱振芳得理不让人，骂吕洞宾，"尔乃千年不死鬼。"

吕洞宾反唇相讥，"你是万年不登科。"

传说不足为凭，不过邱振芳犯了欺君之罪后，千里迢迢慕名来投南山书院是假不了的。在遭通缉的困境中，先生能打点行装奔闽西山坳的小小书院而来，书院的魅力可见一斑。邱振芳以南山书院为立足点，神游闽粤赣山区四处讲学，在客家地区颇有声望。曾在南山书院撰联，自称：抗颜敢诩为时望，便腹何妨尽日眠。可见此君学富五车才高八斗，又对朝廷大不以为然的自负劲。

另一位是宁化人曾瑞春。他在南山书院边教书边自学十年之久。这时的书院已经设施健全，不但有课堂、膳厅，还有一榭三亭，环境幽静、秩序井然。曾瑞春流连其间，赞叹说，朱熹讲学的鹿洞鹅湖也不过如此啊。终于等来京都会试的机会，曾瑞春收拾简单的行李进京赶考去了。果然榜上有名，"钦点翰林院庶吉士"，真是春风得意马蹄疾，漫卷诗书喜欲狂。曾瑞春做了朝廷命官，仍然念念不忘他的发祥地，回南山书院怀旧，往事如烟，亭榭依然，欣喜之情溢于言表，题联道：

十年前讲贯斯庭绿野　当轩宝树滋培齐竞爽
百里外潜修此地青云　得路玉堂清洁待相随

乾隆三十年至光绪三十一年间，书院子弟共有三人中举、翰林一人、武进士一人、诰封或驰赠大夫五人。平步仕途的十八人中，九品衔八人，八品衔冠带四人，五品衔五人，四品宫廷侍卫一人。

当时的南山书院，已经是长汀、连城甚至闽西一带办学的典范。许多外乡学子慕名而来，一些名流高士都以上过南山书院的讲台为荣耀。

民间书院的出现可以说是民众智慧的结晶，与文人不切实际的空想和大量流于世俗的官方短期行为不同，既符合乡村实情，又彰显清风朗朗的文化理想。南山书院不但能延续五百年，而且不断发展、完善，就是由于教育结出的硕果，保持了村民的办学热情。

书院经费主要由本村"衍庆堂"每年支付租谷百担，不足部分由南村公祖堂承担。到光绪年间，五亭公吴昌凤遗命指田 42 亩，租 700 亩，建立义学仓，建立助学、奖学制度，开创办学、助学、奖学基金先例。改名培田小学是建国后的事了，之前一般是校董事会制，负责决策、建校、管理、聘教等事宜。牵头的当然是当地德高望重的绅士，直到民国时期的校长制。书院置有学田，学仓有比较稳定的收入，不受改朝换代的影响。在中国风雨飘摇的数百年间，农民有多少理想因为没有制度的保障而成为泡影？

今天，培田小学和其他学校一样盖起新的教学大楼，但仅有教员13人、在校学生两百余人的区区小校，却拥有50亩的竹林杂果，这是兄弟学校所望尘莫及的。祖先遗留的这点家底，使培田小学摆脱了买不起粉笔、蜡烛的窘迫，也使老师们的表情现出他们这种职业少有的安详。

富有弹性的教学方式，酿造出一种令人心醉的学习气氛。1906年，书院更名为长汀县南宣乡区中心国校，开办新学。课程设置除了国文、历史、地理、作文等传统教学外，还有新课数学、自然；情操熏陶的修身、美术、音乐；侧重实践的劳动、手工；增强体质的体育、体操等十多门课。并且男女同桌，外埠生住校等，从内容到形式都接近现代教育。

关键是英语，在闭关锁国的清朝末年的深山书院，不谙世事的孩子们就读英语了，可以想象当他们用英语对话时，父辈的神情将是多么惊诧。根据史料记载，校园辟有足球场，架起单双杆，摆上木马。想想那时生龙活虎的校园，在男人刚刚剪去长辫、女人刚刚放开小脚的年代里，意味着什么？

通向学校的石板路被人为地曲折成90°角，当年这是为了防止抬棺材出殡和抬轿迎亲的队伍经过书院，以保持严肃和清静。民国年间一些尊师重教的真实故事至今仍在民间经讲不衰：

　　一头牛踩烂篱笆，啃了校园中的腊梅，校董事会罚牛的主人义务浇花三个月，村民悚然，以至到了土匪杀人越货也绕道走的地步。

　　学生吴德初对老师不恭，生气的先生卷起铺盖要走。吴德初的父亲吴建仁是宣和最大的地主，财大气粗，正在校董事会左右为难之际，吴建仁一路放鞭炮为先生披红道歉来了。先生去意已决，吴建仁命儿子磕头，磕头且破，直到先生回心转意为止。先生转身搀扶长跪不起的学生时，已是泪流满面。这个磕头且破的学生后来刻苦攻读，解放后考上大学，当上河北省清河县的副县长。

　　一位从江西聘来的先生对家乡的坛菜耿耿于怀，校董事会请在南昌巡警任职的乡党每次回家探亲捎回几坛，于是他路途遥远的行李中就不能少了沉重的坛菜。

　　另一位长汀老先生年迈体衰，推辞任教，校董事会请轿夫每次抬着先生回来。

　　什么叫故乡？所有的故乡原本都是异乡，故乡不过是祖先漂泊旅程中落脚的最后一站。战乱与天灾驱赶了他们，客家祖先携带亲人的骨殖和干粮，向长江南岸大规模逃亡。南方的崇山峻岭收留了这些客人，在那些毒蛇猛兽出没的山谷，客家人停止了流亡的脚步。

　　客家人需要重建家园，但泥墙未干的村落不是安乐窝。奔逃的噩梦族谱那样代代相传，加上当地土著的生存威胁，恐惧像一颗种子埋进心里，慢慢地生根发芽，最后就开出突围之花，等采撷果实时，那就是对后代沉甸甸的期盼。培田《家训十六则》中"勉读书"一则说："士为民首，读书最高。希贤希圣，作国俊髦。扬名显亲，宠爱恩褒。"

血雨腥风的数百年来，客家人听惯了战乱的铁蹄，看惯了百里赤地或者洪峰滚滚。他们掌握不了别的，只能建一个小小的书院，掌握课堂，把对教育的重视切实落实于行动之中。

南山书院，就这样凝聚着客家人祖祖辈辈的荣光与梦想。

进入龙空

　　进入龙空洞就等于进入了一个凝固万象的世界，它打开了一扇封闭的记忆之门，由此而产生的缅想甚至可以追溯到人类居住洞穴的原初状态。

　　龙空洞是因位居龙岩，抑或是因位于九龙江上游而得名，这并不重要。重要的是，深入洞穴总是会触及我们基本的渴望，唤醒一种集体无意识，因为我们在一个原始的层次上被感染了。

　　现在，让我来回忆龙空洞漫长的旅程中有些什么。里面有冬瓜、贡果，这是植物；有雄鹰、青蛙、大象、水中龟、龙马等，这些是动物。当然，对它们的欣赏要借助想象的能力才得以完成，一个表情、一种动作、一副神态，身体的不完整反而成全了它们逼真的韵味。仙人田是农耕社会田野风光的写照；狐仙与蛇园让人联想起民间许多美好的传说；龙伞其实更像原子弹爆炸而起的蘑菇云，诉说着人类无尽的仇恨。这些都还不够，当面对龙王诵经和三仙论道时，我沉默了，因为他们安详与宁静的形态叫我们所有关于自身的诡辩苍白无力。

龙空洞对游人的震撼从盘龙厅开始，且不说那顶天立地的龙柱雄姿，也不说那深山流水般的高峡飞瀑，安慰人心的龙宫夜景同样按下不表，就说盘龙厅的硕大与恢宏。就我所去过的溶洞中，还没有哪个具备盘龙厅的气概，它蕴藏着包罗万象的无限景观。站在盘龙厅一角，世间万物、人间万象，只要你细细寻觅和品味，都能在你的身边找到暗示性的影像，有宇宙的博大和时空的深邃。你看那水中倒影，并不是映出粗糙的岩顶，而是奇异地让人看到蓝天白云。你将越看越深，甚至叫你相信，只要往前一跃，就能在空中展翅飞翔。那深只盈寸的一泓浅水，却使我产生深远的恐惧，这就是"洞中方一日，世上已千年"。

我们还扶老携幼，摸索着爬行一段原始的路程，去看风情万种的田螺姑娘。经过艰苦的努力，我们欢呼着见到了她，她用无言来迎接远方的客人。我们纷纷伸出炙热的手，抚摸她冰凉的外壳。为了今天的邂逅，她已经在世界的最深处等候了千百万年。多少真实的感动，就这样留在了洞穴的角落、围绕在传说的周边。

龙空洞异乎寻常的奇妙结构，产生了无数暗角与突现，游人总觉得里面潜伏着什么，这样，就为我们怪诞的联想提供了可能。另外，黑暗象征着死亡，是我们战兢的根源。在洞内，我们的视线受到限制，酝酿着幽闭、不安的感受，这是光天化日之下所不能拥有的体验。我们需要，所以我们要来。

好了，旅程终于接近洞口，当我们坐上小船操起木桨，听到由于身体运动而破开水面的声音，心中一块悬置的石头落地了。我们看到了太阳的亮光，这个对人类而言比真理更加重要的东西一旦出现，身心不禁被温情所浸透，像一个游子回到久别的故乡时，看到年迈的父亲站在眺望的山岗上。

龙潭湖的水面与龙空洞的出口连成一体，听到水的声音就如同听到身体的回响，就看到人与世界的关系。我们不能在幽闭与不安中久留，就像祖先不能永远生活在洞穴中一样。

下午，我们坐在龙吟山庄的客厅讨论黄征辉的散文创作，脚下是淙淙不断的流水，宛若一场持久的阴雨绵绵不绝。体验洞穴的惊险，倾听流水的声响，谈论艺术的创造，这不就是我们文人所追求的吗？

太平寮的雨

太平寮，一个神交已久的名字，经常听一些文友提到它，用宁静自然、原始生态这些动人心弦的形容词来描述。所以，当阿国通知我将在太平寮开一个笔会时，我的心就开始摇荡起来。

那天，吴尧生在林富昌的根雕厂等我，上了尧生的车，他告诉我，他去过太平寮多次，但天气预报说可能会下雨，能看一看太平寮的雨也是好的。

汽车进入莽莽林区，放眼望去，公路两边是无以穷尽的森林，清丽的山风从微开的车窗灌进来，我就有点想睡了。我们抵达莒溪镇政府的时候，来自福州和龙岩的客人正在发言，坐在我右边的傅翔斜着眼睛看我跟左边的领导握手。张惟回忆完他从前的梅花山之行，领导就开始致欢迎词了。吃过午饭，省交通职业技术学院的挂职书记王向民带我们去村里。

车队经过大灌湖，我就被它的澄静吸引了。大灌湖出奇的平静，湖面微波荡漾，反射出金属般的亮泽，默默地期待我的赴约。大灌湖像铮亮的明镜，平整洁净；像墨绿的翡翠，凝碧晶莹；更像神奇的聚宝盆，孕育丰收。对岸是茂密的树林，与蒸腾的雾气融合成缓动的流岚。远处水流的声音传送过来，不等我听清，就和松涛一起，被盛夏湿热的风吹到了另一边。迂回曲折的湖水柔和如梦，山谷间似乎有樵夫空灵的回音，水巷悠悠，不由回忆起幼时骑在父亲肩上经过村巷的美好时光，我的心思也就漂泊在茫然的湖面上。

我们在村支书罗昌荣家刚落下脚，雨就下来了。太平寮的雨是与外面不同的，它来得徐缓而羞涩，像一个迟到的女生，犹犹豫豫躲躲闪闪地降临。等你意识到它的时候，它已经有模有样地展现在你面前了。雨一阵一阵地掠过房顶的树冠，从枝杈间飘落瓦枧，再以水流的方式汇聚在天井。这样，客厅在水帘里，人也就在袅娜的雾气中，心境也同时旖旎而熨帖。在雨水的倾泻中听施晓宇讲中国高等教育的种种劣迹，平时爱说话的我竟然无话可说，因为他说的每一句话我都赞同，我都无法反对。好比这太平寮的雨，它影响了我们的游览，但我们无法反对。

晚餐的丰盛是出其不意的，在菜没有菜味、肉没有肉味、人没有人味的城市生活惯了，猛然来这么一桌自产自销的家常菜，那份惊喜就像在无聊的会议中遇到了老情人。同桌有许多当地的老朋友，推杯换盏之间，啤酒一碗接一碗地喝下去，酒意一浪接一浪地涌上来。

晚上是篝火晚会，当篝火炽燃起来，周围一切都开始颤动，开始摇晃。山雨被火烧了影子，害怕似的逃进森林里去了。借着酒意，我讲了一个老掉牙的段子，赢来一片笑掉牙的骂声。倒是几个美女作家的节目有声有色，虽然她们出场的态度总是扭扭捏捏。

我和阿国一起住在村民罗仲坤家，从下村到上村要经过一片原始森林，阿国用雨伞的长柄赶蛇开路，我撑着雨伞亦步亦趋。天上飘着毛毛雨，树冠有水滴落，风在树丛中撺掇，侧耳细听，峡谷间有伶俜的涧流。这样的夜晚，仿佛历史凝固在古代，似乎所有烦恼都属多余，感觉自己有仙风道骨。这样的夜晚，一定会从庸常的生活跳跃出来，构成记忆中一道亮丽的风景。

罗家有整排的阁楼，像古人的龙门客栈。打开门，飞蛾就扑了进来，我只好赶紧关上窗户。被褥间有一股淡淡的霉味，那恰恰是童年的记忆，睡在这样简朴的床铺上宛若睡在摇篮里，一觉醒来，竟然天已大亮。

这是一个静寂的早晨，天地间浑然一体，阴沉的天气让准备观赏日出的文友失望，但在我看来却是美好而难得的。蝉在树上长鸣，树叶依旧闪耀着露珠，从那难于觉醒的山谷里，和风送来泥土与植物的气息。树林照旧潮湿而且静默，小鸟愉快啁啾清晨的颂歌。早餐仍然在下村团聚，下坡的山路又与昨晚上坡不同，一夜之间，路上就长出了青苔，走在上面有滑倒的危险。可见，雨水给活物带来多么旺盛的生命力。雨还在下，是那种断断续续、忽大忽小、漂泊不定的雨，因为它不是来自云层，而是来自树冠，是树冠雨。

合影、留地址、交换名片，当我们与主人们挥手告别，雨又下来了。放眼望去，山峰羞怯地躲在雾纱后面，那淡淡的俏脸若隐若现，仿佛难却我们的离别之情，在雾霭流岚中轻盈地旋转起舞蹈似的。柔和的雨帘把崇山峻岭染得斑驳陆离，微风轻拂，雾气泛起一圈圈波浪，拖起一条无边的彩带。待雨过后，平静的山峰却又印上朵朵彩云，绿树青山、繁花奇葩的倩影更是别有情趣。

　　太平寨的雨，你就像这原始森林一样丰富多姿吗？

　　太平寨的雨，雨中的精灵。

落花时节又逢君

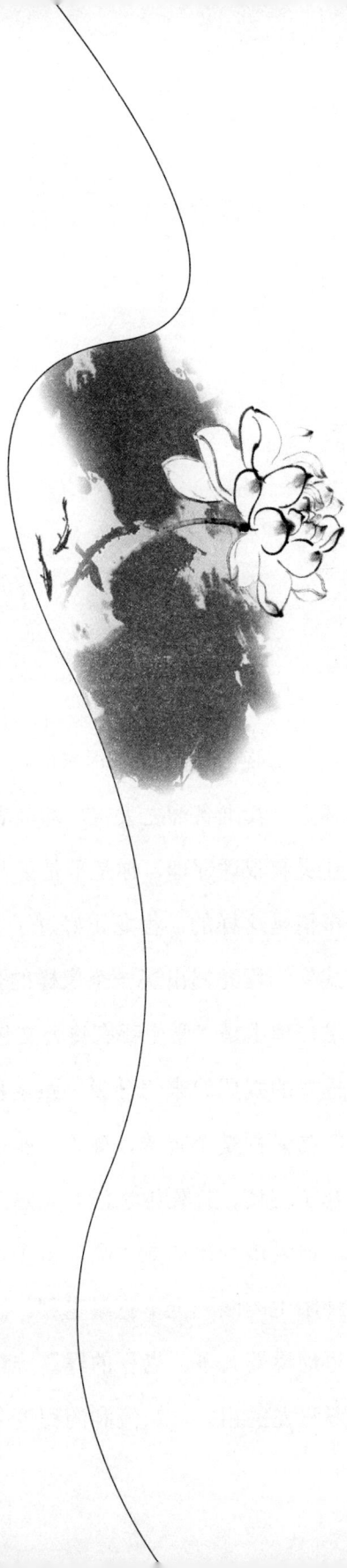

抄袭

　　我是傍晚散步时进老程家的，一家三口正吵成一锅粥，桌上是狼藉的杯盘。我准备溜之大吉，却被老程叫住了：

　　让吴叔叔评评理，你是不是王八蛋？

　　事情是这样的，程龙正好过了十八岁生日，明天学校要举行"成人仪式"，程龙提出买一个像样的公文包参加仪式。老程拒绝了儿子的要求，理由是"学生哪有拎公文包的道理"？

　　程龙的妈妈原来叫马爱，跟老程办结婚证的那天起改名为"马爱程"。马爱程是个害羞、谦卑、胆小的女人，在单位被领导支使，在家被儿子支使，打死她也没有胆量为丈夫帮腔。程龙虽然缺乏成龙的神武，但表情却比成龙"酷"得多，他不屑于与粗鲁的父亲论长短，以一种陌生的眼光上下打量老程。因此，说是争吵，其实只是老程一泻千里地辱骂儿子。老程的辱骂难以复叙，因为他始终在用下流的词汇侮辱程龙的祖宗，从流利的程度来看，老程无疑忽视了儿子跟自己同一个祖宗的基本事实。

站在角落无所适从的马爱程也意识到了事态的严重，她忧忧郁郁地挪到老程面前，稍一估量，她就明白自己不是他的对手。马爱程把努力的对象转向儿子，这就酿成了事故。她拉起程龙，企图将他推进卧室，并说：

明天妈给你买个新书包，啊！

小学生才背书包，程龙愤怒地说，你去我们学校看看，有谁高三还背书包的？

程龙在反驳的过程中摔脱了母亲的手，然而这一摔太用劲了，它实际的效果变成推。于是，马爱程就顺理成章地一头撞在门角上，鲜血一下就涂满了额头，掩盖了真实的伤口。打算为老婆报仇雪恨的老程迅速地跟儿子打成了一团。我没理他们，摸进书房拨通了110。

两个巡警带走了程龙，这时，马爱程做了一个惊人的动作，她抱住儿子乞求巡警说：

我儿子刚十八岁，还不懂事，你们不要吓唬他。

十八啦？其中一个巡警说，十八够了，我们好处理。

儿子拘留十五天，老程觉得丢尽了脸，一周之内约了我两次去拘留所。考虑到老程去拘留所也无非是辱骂自己的祖宗，所以，他第三次再约时，我自告奋勇说：

我替你跑一趟吧。

在拘留所的榕树下，程龙朝我走来的时候坦然地叼着一根烟，见我诧异的样子，他说，我早就会抽了，家里不抽而已。

首先，我讲了一个故事，由于这个故事寓含着"小时偷针长大偷金"的深刻道理，所以我要摆出一副长辈的派头。故事是这样的，有个人被他的母亲宠坏，走向了犯罪的道路。在执行死刑前夕，他向前来探望的母亲提出了最后吸一次奶的要求。母亲对他从来就是百依百顺的，这次当然也答应了他。结果，他咬下了母亲的奶头，感叹说：

母亲哪，你为何不从小教育我呢？

讲完故事我就等着程龙的反应，看他对此做何感想。程龙说：

这臭猪肉，他没让你带山楂片？

我赶紧把老程托我的山楂片掏出来。你是个有自己想法的孩子，我说，跟别人不一样的是，我不相信你会故意伤害你妈妈。程龙撕开塑料袋就嚼山楂片，没接我的话茬。我只好自己接着说，我相信这是激情式的意外，是出于无法控制的一时愤怒，你在那一刻也完全不清楚自己在做些什么。

程龙这时不耐烦了，从石条上站起来，扬扬手中的塑料袋说：

有屁就放有话就说，都什么年代了还拐弯抹角？

你妈都住院了，你就没有一丝悔意？

住院是她活该，悔什么呀我。成绩好就行了，其他都是狗屁！

程龙撂下一句"让那臭猪肉带副扑克来"就进号房去了，把我晾在榕树下。在回家的路上我没有生气，我看着程龙长大，知道他对待马爱程从来都是粗暴的，没有人制止过他。程龙不知道这是犯罪，就像不知道一推可以伤害母亲一样。

兄弟自作多情了，我向老程汇报时如此这般描述了一番，并转达程龙要他带扑克牌的指示。说到"成绩好就行了，其他都是狗屁"时，老程暴跳如雷：

这句话是我经常说的，抄袭，小王八蛋这是抄袭。

事实上，程龙抄袭的远不止一句话，而是老程的道德标准、是非观念和行为方式。老程明明知道孩子是在抄袭，为什么不提供一个好的生活版本呢？

当然，跟大多数家长相比，老程也不见得出格多少：

三岁的程龙被凳子绊倒，老程把凳子摔出门外，"该死的凳子，敢绊倒宝贝"；

老程母亲从乡下来，五岁的程龙扑向奶奶怀抱，马爱程一把拉开，"奶奶脏死了，还不走远点"；

七岁的程龙从公园的角落捡起纸片，正要往垃圾桶扔，马爱程从他手上打下纸片，"这么臭的东西捡它干吗"；

九岁的程龙表达了对"路段长"的羡慕，老程当着儿子的面一个电话就向校长讨来了；

十一岁的程龙想当"三好生"，老程于是亲自动手弄个航海模具算是儿子的发明，掏20块钱让儿子去交公算是拾金不昧；

班主任在追查是谁打破了玻璃，老程鼓励儿子出卖同学，并写好揭发信的范文让程龙抄一遍交给班主任。

除此之外，老程还苦口婆心教导程龙千万别得罪区长的儿子；要给校长留下好印象，因为他可能要当教育局副局长；做操要站到没太阳的地方；植树造林要选择提水，让别的同学去挖坑，因为挖坑太累了；大扫除千万别去擦玻璃，扫地板总比擦玻璃安全⋯⋯

想想看，我们教育孩子的方式跟老程有多少不同？要说与众不同，老程还经常命令儿子抄一遍自己写好的检举信，为的是不露笔迹；指导儿子在报销单据上签假名，为的是做假账；拉着儿子去摸奖，说是童子手更灵验。

当得知程龙所在的学校考试抄袭成风时，老程又是一番高论，他开导在是否要抄袭的问题上举棋不定的儿子说：

大家都抄就你不抄，成绩就不如人家，那"三好生"怎么保得住？再说了，连抄的胆量都没有，在这个激烈竞争的社会里你还怎么混？还有，不随大流就等于孤立自己，怎么团结同学？

程龙胆怯地说，抄袭总不是好事吧？

是不是好事校长知道，老程说，如果是坏事校长就会想办法制止，校长不制止就是好事。校长总是对的，不然什么叫领导？

谈到教育孩子，几乎每个家长都抱怨社会环境有问题，那么，社会环境又是由谁组成的呢？有人说现如今日子好过了，孩子富而忘学没办法，然而好像我们的日子没有欧美国家好过，怎么他们的孩子没有富而忘学？

当然，就程龙而言，他所接受的家庭教育也有正面的东西，一是老程喋喋不休地诉说自己儿童时代的苦难，二是马爱程天天挂在嘴边的一句肺腑之言：

孩子呀，你可要有出息，我们老了就指望你的。

好了，我们终于看出问题的实质：对老程夫妇来说，程龙是他们唯一的指望，所以只要求他爱自己，而不是尊老爱幼、为社会尽责；对程龙来说，既然自己是父母未来的依靠，那么，父母还有什么可畏惧的呢？

孩子是自己的心头肉，把孩子模成自己的样式是做父母的人之常情。所以说，"子不教，父之过"。

我们用自私来教育孩子，不幸的是，我们成功了。

戳破纯洁

假如人生是一首交响曲，无疑的，我们都认为儿童时代是天真的乐章。儿童有透明的心灵和朴实的言行，每一个作家都撰文回忆过自己无邪的童年，包括我在内，用以保护童年纯洁的形象。

有一天，纯洁被戳破了。这一天的《厦门晚报》刊登了题为"井下历险六天生还"的通讯，逼迫我重新盘点童年记忆，像是倏尔翻过洁白的纸张，发现它的背面居然污迹斑驳。它刺痛我的眼睛，使我惊骇于它的真实与隐蔽。

事情发生在黑龙江鸡西市近郊的义安村，村民以采煤为主，9岁的李某和11岁的孙某的父亲都是外来打工者。1月14日，李捧着价格十几元的手掌式游戏机在村子里游荡，比李高一年级的孙提出以5元钱买下游戏机，但交易没有成功。翌日，孙领着李来到学校旁边两口覆盖厚厚积雪的废弃矿井边。

"你看看井有多深。"孙说。李踏向积雪小心翼翼走到井口，探头过去。这时，孙一把将李推下矿井，听到井底传来一声闷响后，孙才转身离开，手里紧紧握住李的游戏机。

我们都很难接受 11 岁的孩子能够犯下严重罪行的事实，宁可相信这是一种过错或者是一种无意的行为。然而，事情的发展跟我们的愿望背道而驰。

隔了一天，孙又回到井口查验李的动静，他趴在井口喊李的名字，确认井下没有回音，恶狠狠地甩下一句"饿死你"才放心地离去。孙最后因李的获救而归案，但孙一口咬定是过路的大人将李碰下去的，而且体貌特征、穿着打扮杜撰得栩栩如生。无奈，办案人员只好带他到现场进行对质，通过脚印等一些线索排除了这种可能性。几个回合下来，办案人员吃惊地发现，审这个孩子比审成年人还要难。

显而易见，这是一起蓄意为之的儿童谋杀案。问题是，我们的自己的童年时代是纯洁的还是残忍的？我走在夏季暮色四合的田野中，眼前翻滚着成团的蚊虫，脑海里的陈年旧事却是翻江倒海。

这时，我碰到一个好像是青蛙骨头的东西，走近一看，发现它们是被人用小木棍钉在泥地上的。记忆之门此时此刻突然开启，它们遭遇虐待的过程历历在目。

我上小学的路途必需穿越成片的稻田，离家过早的同学自然而然会放慢脚步，做一些自己感兴趣的事情。最简单的玩法就是抓住青蛙，用小木棍从背部将它们叉进泥土，然后围观它们慢慢死掉。当这种玩法显得单调乏味时，就会有同学折断青蛙的一条腿，再放开，青蛙于是拖着断腿飞快地腾跳，他们欢呼雀跃轮流用铅笔刀甩着刺它。

当然，把一只青蛙或者青蛙的一条腿悄悄塞进女同学的书包，欣赏她发觉时那种浑身颤抖的尖叫，将是全体男生最精彩而激动人心的一幕。

我不喜欢此类游戏并非品行高洁，仅仅因为我讨厌青蛙这种丑陋的动物。但我做过同样残忍的事情吗？那是肯定的。一天傍晚，母亲布置我将一群小鸡赶进竹笼。事情进展得还算顺利，美中不足的是，它们中的一只死活不愿进鸡笼。循环往复驱逐若干次，那只比同伙大一号的小公鸡还是高高站在柴垛上骄傲地蔑视我。恼羞成怒的我一棍子将它扫下柴垛，再扑上去拗断了它的两条腿。好了，它终于老老实实地蹲在鸡笼的角落呻吟。

挑回家后，我主动向母亲汇报说有一只鸡断了双腿。母亲满脸困惑，我进一步解释说，可能是它从高处跳下来摔断的吧。母亲乜我一眼，她的话听起来意味深长：

我半辈子不曾听说鸡会摔断腿。

从朝蚂蚁窝里撒尿到踢一只无辜的小狗落水，从抓住老鼠往它屁眼里抹风油精到挂鞭炮在猫尾巴上燃放，我们很难说自己没有虐待动物的前科，而且不得不承认从中得到额外的快感。

人的道德理解力是在成长中逐步获得的，关于"人之初，性本善"还是"人之初性本恶"的争论已经持续了几千年，但不论是"性本善"还是"性本恶"都需要呼唤才能显明出来却是不争的事实。所有的孩子都有可能成长为一个残忍的人，如果他的胆大妄为得不到遏制的话，那么，从折磨动物到欺侮同学再到杀死另一个人类就水到渠成了。

　　发生在孙某身上的谋杀只不过是踢狗落水的恶性延续和放大规模而已，我这样推断问题会使读者感到震惊，因为这意味着小杀人犯跟我们大家都没有什么本质区别。有一条小路是我们每个人都可能走进去的，它比人生成功的坎坷之路更加好走，千万别以为我们跟它势不两立。

　　两个放学的男孩儿走在枯燥的沙土公路上，他们的友好是这样一种程度：彼此都期望有机会赢得对方的尊敬。别把这种关系误会成特殊的友谊，事实上走得近一点的同学之间都存在这种感情，他们彼此探索事物，共享生活秘密。然而，这已经足够让他们做一点什么事了。

　　这时，公社唯一的吉普车远远地从身后驰来，它气壮如牛的喇叭已经让他们生气，车后扬起的弥天沙尘更是令人愤慨。他们中的一个拉着另一个的手说，跟我来。于是他们爬上路边工地的一堆石料上，两人使尽了吃奶的力气将顶端的大石头滚下公路。他们渴望中的一幕出现了：

　　紧急刹车的刺耳尖叫之后，车前的保险横杠咣的一声撞向了石头。

　　这种攻击并非要满足他们内心的幻想，只能证明他们掌握了一些对付成人的办法，并据此不接受成人世界的价值观，可以向成人世界挑战。真的，他们不指望从结局中获取什么，只是要显示两个人联合起来到底有多大的力量，因为其中一个人就是我。

　　根据我当时的判断，吉普车和司机都秋毫未损，此情此景之所以终身难忘是因为事情的发展旁逸斜出。在那一瞬间，成就感牢牢地占据了我的心田，但是还来不及品味，司机就追过来了。司机是个穿一身旧军装的年轻人，奔跑的速度相当迅速。我们知道，成年人是以地名和道路来辨认路线，而儿童则是以穿篱笆过小路和抄近路来记忆路线的。占有地利使我们勉强能够躲避司机的追赶，然而他太固执也太强壮了，并且边追边喊：

抓住他抓住他，两个坏蛋！

我清楚地记得，胸腔都快跑炸了，司机仍然穷追不舍，雪上加霜的是，几个耘田的农民在他的呼喊声中包围了过来。在我看来，公社是个关押四类分子的可怕场所，自己被抓进去是不可思议的，无论如何都要拼死一搏。我的同伙急中生智钻进了蕉芋林，而耘田耙却挡住了我的去路。我边跑边堆起笑容拨开耙，说了一句安慰他们的话：

我们在开玩笑。

那一次的夺命狂奔虽然成功了，但一个意象却坚定地敲进胸膛：我也曾经是个坏蛋。尽管我在父母和老师的眼里都还算是好学的乖孩子。

在相当长的日子里，我都不能完全忘记那件事，担心在学校里被司机指证出来、担心司机为了报复吉普车从身后撞我、担心那几个耘田的目击者告诉我父亲。我不能确切地说为此事心灵受到创伤，但至少心里长时间害怕。我和那个拉我爬上石堆的同学还彼此担心对方会说出去，我们由暂时结成的冒险对子而共同进入一个躲避联盟，这是我始料不及的。因此，我们天天晚上一起做作业。

当一群孩子遇到乞丐的时候，可能产生这样的对话：

"吓死人了。"

"胆小鬼，老头有什么可怕的？"

"你敢碰他吗？"

"碰他？我还敢揍他！"

"吹牛。"

"我从来说话算话。"

于是，一个风烛残年的行乞老人就这样莫名其妙地挨了拳头甚至石头的攻击。儿童的惊人之举并不像我们所想象的需要一个周密的计划，暴力事件往往由这样的对话慢慢演变，最后形成一个清晰的、共同的意识。

那么，是内心的道德律还是来自父母、学校、社会的教育制止了我们走向犯罪呢？可以肯定的是，如果我们从小无法感受到内疚与懊悔，没有犯罪的焦虑感与悔改的决心，对一个需要人人自律的人类来说，他就是危险的元素，因为当为所欲为变成理所当然的时候，就没人能够限制他反社会与暴力的人格倾向。

在校园暴力频仍、甚至发生清华学子伤熊事件的今天，我居然听到一位当教授的母亲在诉苦，说她儿子为了保护自己才不得已跟社会上的流氓打成一片。

少年犯罪、校园暴力、道德沦丧，我们很容易从别人身上找原因，动辄责怪社会环境不好。我们为什么不让孩子从小事上开始悔改，制止他向犯罪的道路上迈进呢？鲁迅说过："真的勇士敢于正视淋漓的鲜血，敢于直面惨淡的人生。"既然我们纯洁的童年已被戳破，那就从分析自己切身的体验做起，因为只有内心深处的才是真实的。前面说过，从折磨动物到欺侮同学再到杀死另一个人类仅有一步之遥。

在我家乡实验小学的门口，总是有鸭贩子在兜售所谓的"太空鸭"，大人只要稍微辨别就知道那是当地土生土长的"小鸭公"。这种鸭子很难长大，但生命力极强，作为鸭苗是难以卖出去的。鸭贩子抓一只在手上，将它的脖子朝四周乱扭，再拼命往地上摔，边向学生示范着折磨边讲解：

太空鸭不吃不喝也能活十天八天，可以放在书包里，也可以塞进抽屉里，如果嫌吵还可以关进冰箱里。总之，爱怎么玩就怎么玩。

在孩子的要求下，送学的家长们纷纷掏出钱币买下"太空鸭"，因为就要上课，家长甚至往鸭子的嘴里塞纸团或者用塑料袋扎紧。我又想起鲁迅的话，"是丧失人心明知故犯，还是习以为常不觉为非？"我只想对玩过"太空鸭"的学生说：

孩子，悔改吧，因为残忍就是谋杀的开始，哪怕我的话戳破了你的纯洁。

流言止于善心

让我们的话题从最能畅所欲言的酒桌上说起吧。众所周知，官场腐败与黄色段子是这种场合经久不衰的永恒主题。然而，一旦有人提出反面意见，将立即招致批驳，大家形成统一战线，不批他个哑口无言体无完肤决不罢休。

比如谈腐败，有人说"处级干部统统枪毙可能有个把冤假错案，隔一个枪毙一个那就有大量的漏网之鱼"；又有人说"当官不发财请我都不来"；还有人说某邮电局长"跟每一个女职工都上过床"；甚至有人说某领导指挥修国道本县路段"至少吃了一千万的回扣"。诸如此类，说得越玄乎越能下酒、越具体越显得消息灵通，最后的结论一定是所有的官员无不贪财好色。

我在广播电视局工作了整整十二年，其中一个老局长是个天上掉树叶也怕砸脑袋的人，加上祖宗八代就出了他一个科级干部，据我长年累月的观察，他把头上的乌纱帽看得比自己的生命还要重，保持晚节体面退休是他半辈子的梦想。所以，我可以用人格担保他是个例外。这就坏了大家的酒兴，他们纷纷绷起脸、放下酒杯、撂下筷子发问：

你查过他的账吗？

知人知面不知心懂吗？

你每时每刻都跟在他屁股后面？

这些我都没有。这就对啦，他们说，说话可要有证据。

那么，他们的话有证据吗？当然没有。局长跟每一个女职工上床，且不说她们会不会全部答应，难道每一个做丈夫的都是窝囊废？贫困县修国道，总共一亿多的工程款大部分拖欠着，结不到账的工程队到哪里拿一千万贿赂总指挥？但是，他们的话是不需要证据的，因为"大家都这么说"。

同样的，如果我说某富翁白手起家，靠的是勤劳与智慧积累财富，肯定没人信；反之，我若说他走私贩毒官商勾结，财富背后隐藏着罪恶，大家就坚信不疑了。如果我说某个女歌星德艺双馨凭自己的实力打天下，一定要遭人哂笑；然而，我若说她登台傍导演获奖有猫腻走穴偷漏税，谁也不会反驳我是信口开河。

不知从何时起，我们生活在一个流言泛滥的语境里，并且其乐融融。尤其在酒桌上，有三两杯薄酒壮胆、有三五个哥们附和，尽管说就是了，欢喜就好。然而，我们以为满世界都在败坏，其实败坏的只是我们自己。我们希望别人来做自己想做又不敢做的事，用别人的败坏来证明自己堕落得不算太深，这就是流言蜚语的道德根源。具体表现就是：怀疑正直、公义和爱，积极传播邪恶与丑陋。人心假如败坏了，我们就不能指望他说出好话来，就像不能指望狗嘴里吐出象牙一样。正所谓"好事不出门坏事传千里"，现在的问题是，莫须有的事情也能以讹传讹，直到有鼻子有眼、直到不容置疑。

村里有个傻瓜凡事都傻，就一件事不含糊：如果有人问他要娶怎样的媳妇，他不假思索就说，"像草英那样的"。草英是村里最漂亮的女知青，由于她干农活时洋相百出，比如过田埂的姿势像走钢丝、被青蛙撵得到处跑、洗脚总是忘记洗腿弯子，重要的是她的皮肉白嫩到让每一个农民惊讶的程度，因此，在茶余饭后全村的每一个角落都能听到对草英的议论。村民怀着复杂多变的心情，话题从裸露的脖颈和手臂向隐蔽的部分延伸。

随着风吹雨淋的增多，草英的肤色日趋粗糙，议论疲倦席卷全村，大家都提不起精神来发挥想象了。但是，事情在此时出现了转机。

一个邻村的女知青来访草英而不遇，正好傻瓜站在生产队保管室的门口，于是她问：

"草英哪去啦？"

傻瓜回答说"在洗澡。"

两句简单的对话不幸被八狗逮了个正着，八狗是全村对草英的身体最富想象力的人，这样，通过他的修改，对话被转达成"傻瓜看到草英在洗澡"。

一夜之间，关于傻瓜偷窥草英洗澡的恶意误传被描绘成细节丰富的故事，包括草英身体的隐秘特征。在那个农闲季节，傻瓜荣升为全村最受欢迎的人，粗俗的男人满怀窥探的热情，不厌其烦地向傻瓜询问草英身体的秘密，以及傻瓜具体的动作。当然，什么也没做的傻瓜不可能满足大家的愿望，他只是将双手背在身后，再将身体靠在墙上羞涩地微笑。对男人而言已经足够了，傻瓜的沉默催化了心中意念，他们用口水一遍又一遍地过滤，然后将自己所需要的内容固定在脑海中。

事态发展到草英不敢出门的时候，大队采取了相应的措施，那就是召开一次八狗的批斗大会。草英也在同伴的撺掇下鼓起勇气挨家挨户去澄清事实，那天我去公社了，草英说，根本没洗澡。为她撑腰的同伴甚至把几个农妇推进房间，让草英把后背露给大家看个究竟。你们不是说草英后背有黑痣吗，看清楚喽，黑痣在哪里？同伴是大队妇联主任，她义正词严地指出事件的本质：

"这是对知识青年上山下乡运动的破坏。"

所有这一切都制止不了男人对草英身体的臆想，因为他们的臆想通过对傻瓜的取笑就可以完成。草英无法参加生产队的出工了，她进而觉得自己无法在知青群落立足，当负担超过她的承受能力的时候、当飞短流长成为她日常的苦难的时候，她唯一的出路就是死亡。

草英从文川河打捞起来的那天可以说是万人空巷，因为村民奔走相告说她是裸体上岸的。我们几个小孩从大人的缝隙间穿进最靠近尸体的位置，但是我们很快就没命地挤出来了，我们眼前的"美人"实在是令人魂飞魄散。

草英的尸体像癞蛤蟆那样乌黑鼓胀，头发与水草缠绕在一起，脸型可怕的程度超过了我们所能猜测的任何妖魔鬼怪。

　　除了男人的唾沫，世界上还有什么毒液能够把一个美人浸泡得如此丑陋？

　　人的心思好比一只茶壶，我们有两个办法可以不用揭盖就能证明壶里盛的是茶还是白开水，一是出口，二是入口。如果倒出来的是茶，那里面就是茶了，这叫出口；或者我目睹主人装了茶叶又冲了开水，也能确定里面是茶，这叫入口。同理，通过人的出口和入口也能判断他的心思意念，因为心里充满了，口里就必说出来。即：

　　他爱说什么话，他就是什么人；他爱听什么话，他就想成为什么人。善人从他心里所存的善就发出善来；恶人从他心里所存的恶就发出恶来。

　　俗话说"三句不离本行"，指的就是人的出口总离不开心中的念想。阿拉伯谚语说，有人邀你去发财，你要做的第一件事就是捂紧自己的钱袋。好比别人告诉你，有一个人人平等的、不用投资的、一蹴而就的发财机会，你就能估计他是个非法传销分子；又好比有人蛊惑你说，有一个不用文化技术的、清闲的、高收入的就业机会，那么，除了性服务还会是什么？以此类推，一个满嘴小道消息、夸夸其谈搬弄是非的会是什么人呢？或者说，你为什么如此热衷于为小道消息奔走相告、添油加醋呢？

　　我们都相信"病从口入，祸从口出"，这个祸不一定是惹祸上身，或许是嫁祸于人，这也是舌头杀死人、口水淹死人的道理。我们也许做不了正人君子，那么，能不能心存一丝善念，得饶人处且饶人，将流言止于自己的出口？

嫉妒在折磨着我们

　　我先讲一个古时候的故事：地主在清早出去雇人进入他的葡萄园做工，和工人讲定一天一钱银子，就打发他们进葡萄园去。半晌，地主看见市上还有闲站的人，就对他们说，你们也进葡萄园去，所当给的，我必给你们。他们也进去了。中午出去时，地主也是这样做。到了傍晚，地主看见还有人站在那里，就问他们说，你们为什么整天在这里闲站呢？他们说，因为没有人雇我们。地主说，你们也进葡萄园去。到了晚上，地主对管家说，叫工人都来，给他们工钱，后来的先给，先来的后给。傍晚才雇的人来了，各人得了一钱银子。轮到清早来的工人，他们以为必要多得，谁知也是各得一钱。

　　于是，他们就埋怨地主说，我们整天劳苦受热，那些傍晚来的只做了一小时，你竟叫他们和我们一样待遇吗？地主回答说，朋友，我不亏负你，你们不是与我讲定一钱银子吗？拿你的走吧！我给那后来的和给你的一样，这是我愿意的。我的东西难道不可随我的意思用吗？因为我做好人，你就嫉妒了吗？

我再讲一个同学的故事：他在厦门拼搏多年，有点发迹的意思，回老家过年也就出手阔绰。他给读高中的侄儿一个红包，侄儿高兴地接受了；再给读小学的堂侄一个同样丰厚的红包，堂侄也高兴地接受了。大嫂得知后却愤怒地抢过侄儿手中的红包扔进天井，她抱怨说，小学生两百，高中生也才两百，难道是打发乞丐吗？第二年春节，同学直接将红包给了大嫂，大嫂当然欢天喜地。但是，当她得知堂嫂也得一份时，再次扔了红包。理由是，外人跟我一样，难道就没有一点骨肉亲情吗？

某富翁资助了个别贫困家庭，媒体一宣扬，他便接到数不清的求助邮件和电话，但他一分钱也无法再给了。富翁说，我不信这些求助都是真实的，他们当中一定有人被嫉妒蒙住了眼睛。

我的家乡很少有人得到提拔，原因之一是上级组织部门刚来考核，人还没回去，举报信就已经躺在他们案头了。且不说被考核的干部有没有问题，妒火中烧的确是这些举报者的基本精神面貌。

凭什么他的钱赚得比我多？凭什么他的官当得比我大？凭什么他比我更出名？凭什么他总是雄赳赳的鸟样而我总是夹紧尾巴灰溜溜做人？于是我睡不安寝食不甘味，于是我的生活失去了乐趣。

人活在世上本来应该常常感恩，然而，我们的胸怀一旦被嫉妒所充满，那么事情就完全颠倒了：只有无边无际的怨恨。

仇恨的种子

陈词是我多年不见的老朋友，邂逅难免说到他叔叔，因为他叔叔虽然从部队转业到北京的一个显赫部门，但每年春节都给我们县直机关的几个哥们寄挂历什么的，对基层的朋友如此客气实属难得。听完我的赞颂，陈词沉默良久，凄然一笑说：

叔叔几十年来没有往我们家寄过任何东西。陈词告诉我：

祖上留下一点宅基，八十年代日子比较好过，家父便自作主张按原貌修建。竣工后，家父办了两本房产证，跟叔叔哥俩一人一份。并写信去北京，看叔叔是否能出一部分建房款。叔叔的回信叫人心寒，说他不但不愿分摊建房款，而且要家父的补偿，因为祖上的宅基是可以卖钱的。为这事老哥俩打了十几年的官司，家父愤而逼弟弟陈典非考大学法律系不可。给你们寄挂历这些动作，兵法上叫远交近攻。

我被逗乐了，哈哈一笑说，这种事背后一定有女人作祟。

陈词拍案叫绝，兄弟真是神机妙算。陈词说，但有两个问题我十几年来没弄明白，一、婶婶是高干子女，如今夫妻收入丰厚子女成家立业，何至于要瓜分祖上的宅基卖钱？二、家父八岁没爹十岁没娘，靠补鞋养活他奶奶和弟弟，做弟弟的何以恩将仇报？还有，不是家父在部队营房补了几十年的军鞋有些熟人，在那个军人至上的年代叔叔根本不可能去参军。

仇恨！我说，是高干子女与鞋匠孤儿的悬殊地位剥夺了她的优越感，仇恨植入了她的内心。仇恨的种子要生根发芽，它结出的果实就是报复。

陈词又讲了两件事来证实我的论断：一九八五年，我曾祖母也就是他们的奶奶去世，叔叔全家无一人奔丧，只寄了五十块钱，家父以为侮辱，退款回北京；有一次叔叔回福建出差，因故误了归期，婶婶以为叔叔在老家兄弟叙旧，拍来电报说，再不回京就死在老家吧。陈词说，我还是不明白，既然有恨，为什么要下嫁呢？

在那个动荡的年代，下嫁是为了寻求军人的保护。

那就应该感恩哪。

你错了。我说，感恩好比奇花异草，精心伺候也会凋零；而仇恨却好比疑难病菌，一旦侵入人的身体，就成为你生命的组成部分。因此，对别人的恩情，我们要小心呵护；对于仇恨，则应当时时提防，因为旧病复发是人的生理机制。

人在影院

通常，我们是满怀期待步入影院的。此时的影院灯火通明、乐声回荡、银幕宽洁，我们看到四周的墙壁粗糙丑陋，并无可欣赏的内容说明它的实用：吸音。没有人会埋怨反弹座椅的呆板、窗帘的笨重，大家忙于跟在此相遇的熟悉面孔打招呼。银幕空洞无物，向我们展开它的全部包容性。我们内心激动地期待，这上面将发生什么呢？

铃声响起，灯光骤然熄灭，黑暗把此间的人群隔离成独立的个体，外面喧闹的城市远去，成为世界的某处。我们目光平视，一束强光打上银幕，银幕失去白的原色，期待中的内容开始呈现出来。影院变成一个位置，它提供给我们一个观测的点，它是深不可测的暗室，以虚幻的影像和声音把世界挤兑到它的周围，它所能容纳的时空是无限的。

展现的是陌生的世界，它从天而降，我们神往又惊惧。熟稔的生活无声地安静下来，唯一的光束打在固定的区域，气氛中忽略它的虚拟性视为真实，跟随每一个细节的轻微跳动喜怒哀乐。室外汽笛与工地的打夯声听起来非常遥远，基本不在意。相反，邻座的鼾声、儿童的嬉闹和自以为是的议论会引起怨恨。室内的噪音和移动物将转移注意力，而动听的对话及旋律和流动的画面把我们引入一个参与的享乐状态中，但我们是不能分心的。因此影响不在于大小，而在于远近，在于是否涉指我们沉浸其中的氛围。播映之间的断电、换片的停顿、喇叭失控等技术操作故障都将引起反抗，这不是浪费时间的问题，对投入的破坏性中断的愤慨远甚于放映时间的推迟。

白天，我们是确定而理智的，夜晚则会想入非非、虚妄、冲动，这就是电影观赏的常规性背景。步入影院的观者一般是：慕名而来、消遣者、恋人，慕名者欣赏、消遣者盼望、恋人寻找话题。共同之处则是回忆与填补，观众对电影的批评大体是不真实或不好看，与我们的生活回忆不符叫不真实，而不能填补我们生活的未知就是不好看。不真实又是聒噪与矫情所致，主要指夸夸其谈的对话和矫揉造作的表演。而不好看却是平淡与平庸，我们不希望看到跟自己一样的平淡生活和平庸状态，因此，出现超人和情节跌宕的电影总是更好看的。迷人的景观、危险的经历、潇洒的人生、大事件的真相、至诚至信的爱情，以及我们身边没有的英雄好汉都是观众期待的内容。总之是期待心中神往又不会出现的那部分经验。

除了个别影迷，大多对冗长的演职员名单不感兴趣，在他们看来，"故事"是真实的，红肿的双眼和潮湿的手帕都能证明。谁在表演不会去追究。灯光重新亮起时，观众已离去大半，大家默然埋头鱼贯而去，不再亲热地打招呼。面对万家灯火中的车水马龙，会为之一怔，迫使我们放弃沉溺。好看的影片改变了情绪，不好看的影片留不住观众，因此，映前映后同样热闹的场面在影院是不可能发生的。

　　影片的质量跟观后议论的时间长短成正比，特别臭的片子当然也能招人唾骂，但使人念念不忘的还是优秀影片，好片子总给我们自信、乐观、温情。你看了吗？什么时候？友人相聚感慨一番，彼此说出想说又没说出来的话。于是，观看那场电影的场景，包括影院、同行以及当时的一些细节都深深烙印在你的脑海中了。

落地的果实

泰宁的秀美山川有古诗为证："怪石都从天上生，活如神鬼伴人行；海之内外佳山水，到此难容再作声。"泰宁古城的悠久历史也有美誉为证："汉唐古镇，两宋名城"；"一巷九举人，同门四进士，隔河两状元。"而其中的"尚书第"如一抹重彩，把这座武夷山南麓的古城风貌显明出来。

那么，尚书第的主人是谁呢？旅游资料介绍说，是明代兵部尚书兼太子太师李春烨。然而，李春烨又是谁？笔者从泰宁回来就开始翻阅书架上的《二十五史现代版》，没有；再翻柏杨先生的《中国人史纲》，没找到；想想黄仁宇老先生的《中国大历史》会不会有一鳞半爪呢，可惜也没见着；最后抱着侥幸心理把全套的《福建文史资料》翻了一遍，还是难觅踪影。

我想，也许是自己才疏学浅，加之个人藏书有限，恐怕是有眼不识泰山吧。如此一转念，只好委托厦门大学历史系的专家去查，我告诉他，李春烨与魏忠贤同朝为臣，关系千丝万缕。朋友在电话中显得信心百倍，行了，他说，既然是兵部尚书，不论是魏忠贤的对头还是魏忠贤的同党都能查个水落石出。一周之后，朋友失望地告知我，首先是康熙、乾隆版的《泰宁县志》上没有立传；然后是《明季北略》的东林党名单、《选佛录》的逍遥分子名单和《天鉴录》的可疑分子名单上都只字未提李尚书的大名。不过，朋友提示说，魏忠贤窃权期间到处封官许愿，户部、工部各有五个尚书、兵部也有四个尚书，所谓尚书多如狗、侍郎满街走，没有出众之处，史书不提也是可以理解的。

问题是，我吃了人家泰宁县政府的饭，推杯换盏之际拍下胸脯要写一篇尚书第的文章，找不到文献此账如何了结？李尚书，小的这码跟你没完！情急之中向泰宁县旅游局的陈月珠求救，她很快就寄来了《泰宁县志》《金湖春韵》《李春烨与尚书第》，若干本《三明客家》和一叠刊有相关内容的《三明日报》。好了，先让我们来看看这位李尚书苦难的童年。

李春烨从小缺乏父爱，并非"少年丧父"，而是命不好，碰到一个形迹可疑的爹。据《泰宁县志》说，李春烨的父亲李纯行是个屡试不第的商贩，既为商贩，又每每空手回家，这不能不引起邹氏夫人的警觉和追问。李纯行早就在路上构思好了应对老婆的托词：某某病死在路上，是我出钱把他安葬了；或者说谁谁谁破财了要死要活，是我给了一笔路费让他回家。因此"自是资渐竭"。李纯行虽然说得吞吞吐吐，遇到这么一个仗义疏财的丈夫，做夫人的表扬都来不及，哪里敢有半点抱怨？如此，李纯行就可以心安理得地在家吃喝几天再"放迹江湖"。父亲来无影去无踪，哥哥与弟弟又先后夭折，李春烨在家与母亲"孤灯荧荧，形影相吊"的日子何时是尽头？

邹氏"解字义、晓诗书"，她以客家妇女的坚韧与贤惠集严父慈母于一身，一面日夜纺织、打草鞋、舂谷以谋衣食生计，一面督促儿子读书，"每纺绩课读，苦茗青灯"。邹氏对李春烨严厉到这样一种程度，"夜匪午匪与寝也，鸡方鸣即呼兴也，兴即责以夜所诵还之，还而后与之食"。为什么晚上不到半夜不让睡觉，鸡一叫就要起床背书，背不出来不给饭吃呢？因为李春烨这个可怜的孩子白天还得放牛。

老秀才江中山因为屡试不中，只好求其次设馆教书。江老秀才中举不了，教书还是可以的，学堂生意红火。李春烨经常把牛赶到学堂背后的山上，自己就站在学堂门外听江老秀才讲圣贤书。牛吃了别人田里的禾苗，李春烨自然要受到责骂。江老秀才却被这个好学的小孩所感动，免费让李春烨上学。但邹氏并没有因儿子上了学就放松管教，李春烨每天放学回来，邹氏"复以塾中逐日学业试之"，假如答不上来，"小则呵，大则鞭也"，没有半点含糊。"如是训之八年"，直到李春烨牛高马大才打不下手。

邹氏与所有的客家妇女一样，在她的心目中，做母亲的对儿子的教育就是要引导儿子追求忠厚宅心、儒雅为业。受这一目标的支配，家庭的基本内容便是以"耕读为本"，即所谓"教子孙两行正路惟耕惟读"。客家民系南迁进入陌生的地界开疆辟土、重建家园，自然把耕种、农业作为生活的最主要来源，同时将农民忠厚纯朴、勤俭持家作为最高尚的美德。因此，无论就经济需要，还是道德向往，一个民系要源远流长，不能不强调耕种。当然，对邹氏来说，强调耕读绝不是让儿子学会种田，而是让他去崇尚耕读者所具的忠厚品德。自然，这种品德也就是儒教所倡导的仁教礼义。

另一方面，古代中国社会等级的排列次序是士农工商，士是第一等的。首先，士是具有知识的人，有知识对于人的培养无疑是至关重要的；其次，士与官之间有着密切的联系，做官乃为民父母者，这在一个封建社会里，不仅最具有社会声望令世人钦慕，而且能使劳作了几代的清贫之家得以显达。一个家族要出人头地，不能不强调读书，"干国家事，读圣贤书"，忠孝传家、诗书继世是前提，一举成名、光宗耀祖是梦想。

对邹氏而言，"屡试不第"的丈夫"放迹江湖"不能不说是她内心的隐痛，用她自己的话说，就是"器无利而不割，而无乃荒唐故业，记不得鸡鸣伴读，苦茗青灯时耶？"对丈夫的隐痛越深，对儿子的期盼逾烈。李春烨在《为母八十上寿自撰求言小引》中回忆说，"与夫数年塾师馆谷之费，皆家慈手绩以供，微家慈，不肖将废学也乎哉！"邹氏对儿子的管教从未松懈过，"入则问以学几何，出则戒以勿酒嗜"。

为仕途而奋发进取，就像一枚生命力旺盛的种子，深深地植入李春烨幼小的心田。

　　当然，从李春烨的自身素质看，"幼而英异，端敏不凡"，也是个可塑之才。一年冬天，江老秀才领着儿子江日彩和李春烨、雷一声两个得意门生，兴致勃勃地乘船沿杉溪漂流采风，观赏两岸迤逦风光。此时大雪飘飞寒意逼人，江老秀才便以"大雪纷飞何所似"为题，令每人赋诗两句以抒情怀，有意测试三个门生的抱负与才学。

　　针对舱外纷纷扬扬的雪花，李春烨首先破题："烽烟滚滚征尘起，白玉装成锦绣程。"

　　过了一会，雪已经越下越大，江日彩吟道："周天何必飞棉絮，政简刑清保万民。"

　　转眼之间，大雪渐渐变成雨夹冰霰，雷一声即兴高呼："铁骨凌寒云霄志，刀尖箭镞意安然。"

　　据说江老秀才对李春烨的诗最为满意，因为句中表明了客家子弟达官显贵的意志诉求。果然不负师望，年仅十八岁的李春烨就中了秀才。

　　但是，从秀才到举人，李春烨却走过了十八年的漫漫长路。三十六岁的举人不算太老，跟范进们比起来还称得上年轻。问题在于李春烨贫寒的家境，我们无法得知在此期间，这个穷秀才是如何娶妻生子打发光阴的，李春烨的墓志铭只简单地说他"所得馆谷悉以供甘旨，而一帏自励。"也就是说李春烨作为当地秀才，已经可以在学馆享受到谷物，得以供家人糊口，好让自己腾出时间来刻苦学习。此外，按美国传教士明恩溥的说法："乡村秀才懂得如何通过申诉打官司，懂得如何通过循序渐进的方式完成这种复杂的程序。"

　　俗语说"秀才得有才，举人得有命"，也就是说一个人如果没有运气，再有才华也不足以取得举人这样高的头衔。李春烨当然也明白这个道理，但他别无选择。中了举人之后就万事大吉吗？没有！在中举后的十年时光里，李春烨曾经三次进京应试，三次都名落孙山。从泰宁走路、骑马、乘船到京城往返一次的艰苦程度是我们这些坐惯了火车、飞机的现代人无法体味的。李春烨，这个儿子成群的中年人每次都带上东挪西借的盘缠、每次都满怀榜上有名的期望北上应考。他也许住进了便宜的客栈、也许就在考场附近的破庙里凑合，李春烨的心忐忑不安，因为张榜的日子越来越近了。然而，尽管他的路途更加遥迢，尽管他的个头比别人更高，李春烨还是没有在红榜上找到自己的名字。伤心、失望是难免的，没关系，李春烨对自己说，五十少进士，我还有机会。李春烨十分自信，"绝不通当道一竿牍行"，在他看来，以私通当道、用书信或赠送钱物的办法去求取功名是无耻的。

　　《中国乡村生活》对李春烨从秀才到进士二十八年漫长的求学生活有生动的描述："应当说，在早些年的学习中，他已经背过大多数重要的文献材料了。不过，每次的考试之前，他都要重新精通这些文献的正统解释，并渐渐地、彻底地被引入到音调和韵律的神秘世界，以及诗文建构和对句编排的艺术殿堂。而这一切都以天高地厚为背景，以神秘而又复杂的法则为前提。他要逐步地学会如何运用学过的东西来写文章的技能，从第一次参加考试，这样的一种技能就构成了他整个智能结构的基础和要素。在等待成功的岁月中，他吃饭、喝水、写作、讲话、睡觉，都是文章、文章、文章。"

　　客家人"读书以求功名"的种子已经发芽，生出的根须牢牢抓住了李春烨漂泊的雄心，使他所有的艰难困苦都笼罩着一圈淡淡的光轮。

　　万历四十三年（1616）是李春烨时来运转的好年辰，他终于凭着一手美妙的锦绣文章中了进士。墓志铭称赞李春烨的文章好到一种程度，"文益精，通国传诵不置"。中进士意味着什么？英国传教士麦高温经过考察，在《中国人生活的明与暗》一书中得出结论："凡是能够通过考试，特别是考中进士的人都有着光明的前途，可以在这个国家中谋到一个相当好的职位。不管他们曾经有过什么样的身份，处在什么样的地位，只要中榜，他们就立即成了中国上层社会中的拔尖人物。考取进士榜首的人有可能成为两省总督，治理两省，在那里他统治着四五千万人口，有着绝对权力。"

　　中进士后，李春烨就在朝廷担任"行人"的职位，掌管传旨、册封等事宜。穷则独善其身、达则兼济天下，李春烨"私觑贷贿，一无所染"，决心廉洁自律，做个好官、清官。这一点，从《泰宁文史资料》记载的几个故事中就能充分体现出来：

　　一个堂侄儿上京城找到李春烨的门上，企图依靠他的关系谋个一官半职。出人意料的是，李春烨不但不给他官当，反而给他戴上枷锁，差人解送回家。

　　李春烨在朝为官，家中的儿子们规划在东门兴建坐北朝南的府第，不料老百姓就是不愿意将地皮卖给他们，而是卖给李姓盖祠堂、卖给李春烨的舅舅家建民房。儿子们老是跟邻居争墙界，多次书告李春烨请求力争，李春烨却回信给儿子们说："千里修书仅为墙，让他三尺又何妨；万里长城今犹在，不见当年秦始皇。"

1620年九月，李春烨调任工科给事中。明代设吏、户、礼、兵、刑、工六科，监察相对应的六部，每科设都给事中一人，左、右给事中各一人，给事中若干人。相对"行人"的职位，"给事中"无疑是提拔受重用的了。第二年，熹宗皇帝继位，使整个朝廷的权力结构迅速变异，李春烨的官运和命运也随即发生了令人一言难尽又百感交集的变迁。

熹宗朱由校十六岁继位，少年继位不是问题，康熙不也少年继位么？问题在于朱由校压根就没有做皇帝的兴趣，他的兴趣是做木匠。苏童的长篇小说《我的帝王生涯》描写了一个不理朝政，只对走钢丝着迷的少年皇帝，在我看来就很有朱由校的影子。据上海古籍出版社发行的《十大太监》一书介绍，朱由校在位七年，从不认真处理政务，只知道做他的木匠活。他每天拿着斧头和锯子，兴致勃勃地砍砍木头、锯锯板子，一会儿搞搞小板凳、一会又弄弄小桌子，盖好的房子又拆去、拆散的房子再盖起来，忙得不可开交。有个太监始终跟皇上一块忙碌，不是帮忙扛木板就是一起拉锯子，上梁、磨斧头、弹墨线都离不开他左右。他就是大名鼎鼎的魏忠贤。

魏忠贤拍皇上的马屁其实很简单，就是不断给皇上找活干，比如把皇上盖好的房拆了。就这样，魏忠贤得到了朱由校的充分信任，还代替皇上批阅文件，处理国是。魏忠贤目不识丁，批不了文件，但由于有他的"对食"、"钦赐奉圣夫人"客氏在暗地里做帮手，难以计数的奏折就这样由这个文盲太监批阅下来了。不久，魏忠贤就被提升为"司礼监秉笔太监"；天启五年，朱由校赐魏忠贤印，称他是"顾命元臣"。

辅政的大臣们见这位小皇帝不务正业，免不了要来干阻，喋喋不休，让朱由校越发反感。要做忠臣，就得冒死"进谏"，李春烨就是其中一个。我们将李春烨的"忠谏"翻译成白话文就是：

"有一种人，装出一副柔媚顺从的面孔，想利用接近皇上的职务身份，来窥探皇上的好恶，以顺从的伪装面目出现而暗地里却在干着坏事，皇上能不加以防备吗？有人用遮住灶火使后边的人看不见火光的手法来蒙蔽皇上，窃取宫禁中的旨意，勾结宫廷外面的奸贼，偷盗宫中的宝鼎，这样的国贼能抓得尽吗？"

李春烨的谏言可谓是痛快淋漓，但是，如此高屋建瓴的先见之明，小木匠朱由校岂能领会？皇上忙着盖房子，只是"以为狂"，没空搭理这个小小的给事中。这件事得罪了魏忠贤是无疑的，因而为李春烨埋下了祸根。

1622年，李春烨升任户科右给事中。1623年，李春烨升任吏科左给事中，奉旨查处山东登莱巡抚陶朗先等人侵冒军饷和救济银案，追回赃银几十万两。为此，李春烨再次得到提拔，于1624年出任刑科都给事中。

这一年六月，左副都御史杨涟上疏朱由校，罗列了二十四条罪状参劾魏忠贤，揭露魏忠贤敢为大奸大恶，以乱朝政，在内廷的官员畏祸不敢说，外廷的人都不敢奏闻，魏忠贤的奸状即使败露，因内部有奉圣夫人客氏为他弥缝，也就是非颠倒黑白难辨。奏疏最后说，即使把魏忠贤寸寸脔割也不足以尽他的罪恶。

杨涟的奏疏除了惹来朱由校的一顿臭骂以外，没能动魏忠贤一根毫毛。没多久，工部郎中又上疏说：

魏忠贤完全盗窃大权，生杀予夺尽在掌握之中，以致内廷外朝都只知道有魏忠贤，而不知道有皇上，皇上岂能容忍他留在左右一天呢？

奏疏呈上后，魏忠贤勃然大怒。他正对杨涟之流相继弹劾他的大臣怀恨在心，于是准备杀一儆百以树绝对权威。魏忠贤唆使一群阉竖到工部郎中的邸第，揪出他一顿殴打。这位可怜的郎中被打得遍体鳞伤，等到进入宫阙，魏忠贤再假传圣旨"廷杖一百"。这一百廷杖打得他死去活来，一群阉竖更是拳打脚踢，抬回邸第短短四天，就一命呜呼了。

李春烨实在看不下去，上奏疏说，"魏忠贤借权势滥施杖刑，有损于皇上的仁爱之心，并重开了已停止使用几十年的旧例，应处以不忠之罪。"

当时的魏忠贤已经在全国各地建造生祠，而且"魏公祠"与帝王宗庙同等规制，殿中还要为魏忠贤设立渗金像，佩戴冕旒的冠饰。大臣们的奏疏称魏忠贤都是"尧天帝德，至圣至神"，与称颂皇帝的措辞无异。朝廷内外都知道"天子之怒易解，忠贤之怒难调"，堂堂的"九千岁"岂是李春烨所能得罪的？

果然，李春烨被降职去任湖广的参政。饱读圣贤书的李春烨，此时盛开成"振纲立纪，成德达材"的艳丽花朵。可惜，它仅仅是昙花一现。

十分蹊跷的是，李春烨不久就被召回京，不但得皇恩封赏三代，而且重用为太仆寺少卿。事到如今，我们已经无法揣测李春烨遭贬官之后的失落、痛苦、不安，以及内心的冲突和激烈的思想斗争，有一点是确切的，他选择了妥协，向魏忠贤示好，这就使他的人生价值急转直下。《泰宁文史资料》上记载的一件事值得我们注意：

魏忠贤做寿的时候，大小官员都忙着置办寿礼。李春烨将这次祝寿当成弥合与魏忠贤仇隙的机会，因而激情涌动，决心在贺礼上下功夫，用与众不同来讨魏忠贤的欢心。李春烨先上魏府拜访，暗自量准了大厅的长宽尺寸和庭柱门槛的位置。然后叮嘱师傅挑选上等的羊毛，按他提供的尺寸精心编织。祝寿那天，别的官员是一挑挑的厚礼送上门，而李春烨的寿礼不过是一张地毯。在一片哂笑声中，地毯铺开，不但大小长短准确无误，连柱墩的位置都预留好了。魏忠贤见了喜出望外，当着满厅的客人赞扬李春烨办事周到。百官都明白，李春烨的礼品虽然价格平凡，却是花了心思的。

那一天，李春烨坐上了魏忠贤的贵宾席；也是从那一天起，李春烨走向了历史罪人的不归路。

1626年，是李春烨生命历程中的第二次高峰期，仕途上的飞黄腾达开始了：先是升为兵部右侍郎；宁远一战后，皇上赏赐给他一份丰厚的财物，又提升为兵部左侍郎；左侍郎的板凳还没坐热，再次晋升为兵部尚书，协理京营戎政。致此，李春烨就有资格在皇上听讲经传史鉴的时候，按品级依照文东武西的次序侍立于侧了。这是何等的荣耀呀，读书人最大的梦想不就是"居庙堂之高"吗？

通过几年的苦心经营，魏忠贤已经将内外大权归于一身，自内阁六部以至四方总督、巡抚，几乎全由阉党所占据。与此同时，魏忠贤还牢牢控制了厂卫特务机关，党羽遍布全国。无论何人，只要被这些党羽侦知对他稍有不满，将立刻抓进监狱，严刑拷打拼命逼供。甚至被割舌剥皮、株连九族。魏忠贤每次出宫总是乘坐彩车，上面加有羽幢青盖，驾车的四匹骏马奔驰如飞，还有一排排的卫队夹侍左右。所过之处，士大夫都要遮道伏拜，山呼"九千岁"。

欧阳修在《五代史记·宦者传》中说，太监"其为心也专而忍，能以小善中人之意、小信固人之心，使人主必信而亲之。待其已信，然后惧以祸福而把持之"。这段话渊博如李春烨不可能没读过，就算没读过，而《明夷待访录·奄宦》中说，"奄宦之如毒药猛兽，数千年来，人尽知之矣！"人尽知之的事情，李春烨是一定知道的，正因为知道，他才感到困惑、彷徨。历史上赵高、张让、高力士们的同党都落得个可耻的下场，何况魏忠贤是个智识低下的文盲，这不能不叫李春烨胆战心惊。就当时的形势，李春烨是否除了投靠魏忠贤就别无选择？有的。

万历年间，吏部郎顾宪成和高攀龙等人重修宋代学者杨时建于无锡东门外的东林书院，并在书院讲学议政，有识之士纷纷附从，逐渐聚合成一个有影响的政治集团。"东林党"的名称由此而来。但是，没有舍生取义的勇气，是不可能附从东林党的。李春烨有勇气吗？

就在李春烨官运亨通的 1626 年，依附阉党的礼部尚书魏广微，在大员名册《缙绅便览》上，把叶向高、杨涟、高攀龙等一百多人的名字用笔墨勾点出来，列为邪党密送给魏忠贤；阉党的另一个重要成员、御史崔呈秀又搜集出东林党人的姓名，编成《天鉴录》《同志录》和《点将录》。考虑到魏忠贤不识字，崔呈秀便将《点将录》按《水浒传》的名目排列东林党人的名次，比如天罡星托塔天王李三才、及时雨叶向高、大刀杨涟。魏忠贤出身市井无赖，对梁山好汉还是耳熟能详的，这样，当崔呈秀像讲水浒故事一样罗列东林党人的罪名时，魏忠贤听起来就有趣多了，也好记多了。

魏忠贤将名单交到得力爪牙、锦衣卫指挥、掌北镇抚司许显纯手上。许显纯决定拿东林党人汪文言开刀，一番严刑拷打之后，汪文言终于屈打成招，供出了赵南星、杨涟、左光斗等二十几人。许显纯马不停蹄，将这二十几人押在北镇抚司，诬陷他们收纳贿金。他们却宁死不招，许显纯于是密令狱卒处死他们。同时，魏忠贤还下令毁掉东林党人在全国各地讲学的书院。

这就是李春烨的两难处境：无论是拥戴还是反对魏忠贤，都没有好下场。因此，李春烨选择了退出，那就是回家乡泰宁安度晚年。客归故里尤是客，家居四海斯为家。李春烨回老家固然可以摆脱一个困境，岂不知又陷入了另一个难处中。客家客家，客人已经出去了，留守祖业的就是家人，而做了客人是不能重新做家人的，这是客家人的宿命。

但是李春烨只能回家，这是他的另一重宿命。

前面说过，李春烨在朝为官，家中的儿子们规划建府第，老百姓偏偏将地皮卖给李春烨的舅舅家建民房。这不是问题，问题在于李春烨的舅舅陈家的后墙正好背对尚书第三、四、五幢的前门，而且远远超过了尚书第大门的高度。现在去看，两墙仍然保持着对峙的态势，让游客备感逼仄。

柏杨在《中国人史纲》中考证，"历代王朝都有一种建筑法规，规定人民房舍的最高限度，也规定只准使用什么质料、什么颜色和什么图案。如果有人不遵守这个规定，或拒绝传统的矮小简陋的形式，发挥他的想象力和创造力，建造一栋高大宽敞、空气流通的巨厦，他就犯了'违制'的条款，会受到跟叛逆同等的惩罚，最严厉时可能全家老幼一律处斩。"明朝也不例外。

李春烨为何没有跟陈家为难呢？客家人讲的是以和为贵、以诚待人，陈家一是亲戚二是邻居，李春烨总想为自己的晚年留一条后路。

1627年，熹宗皇帝念其治理禁军和建造三殿有功，加封李春烨少保兼太子太师，荫封一子，并诰封四代夫人，还赏赐了金币和一套蟒袍。木匠业余爱好者朱由校亲自参与了三殿的建设，他最清楚谁有功劳了。

但是，皇恩浩荡留不住李春烨的决然去意，可能是对年轻的朱由校病入膏肓的洞察，也许是对魏忠贤即将恶贯满盈的预感，总之是出于对把握不定的局势的深切恐惧。

在李春烨还乡的问题上，最站不住脚的就是"官场厌倦"说。学而优则仕，做官是读书人的唯一出路和最高价值标准，"落拓极而牢骚起，抑郁发而叱咤生"，只有仕途受阻的背时文人才会转向田园山水、诗酒隐逸的世界。像李春烨这样权倾一时的达官贵人，居然选择了急流勇退，那一定是感到了害怕。比如，大兴土木建造的太和殿、中和殿、保和殿，是由魏忠贤总督工程的，魏忠贤因此"进位上公"、李春烨因此"加太子太保"。我们且不认定李春烨是不是"阉党"，但如果不"事赖九千岁扶植"，李春烨想在魏忠贤一手遮天的官场混得如此显赫是绝不可能的。再说也谈不上"告老还乡"，当年李春烨年仅 56 岁，在尚书的位置上还属于"年轻干部"。

综上所述，李春烨还乡是因为害怕而打出的退堂鼓。害怕什么？害怕魏忠贤的倒台肯定要牵连到自己。

李春烨向皇上提出，母亲已经九十高龄，需要回籍终养老母。这让皇上措手不及，因此挽留说：

"卿卓品优才，振刷禁旅，时方多事，倚毗正殷，岂得以亲老为辞？"

李春烨知道，这位热衷于抡斧使锯、斗榫油漆的皇上说的都是客气话，回答说：

"嗟夫！予始书生，十年而跻入座，君恩已渥矣。而子道未酬，忍忘孤灯荧荧相对时耶？"

在熹宗皇帝看来，有魏忠贤帮他处理朝政就足够了，至于李春烨，他爱干吗就干吗吧。为了让李春烨回老家更有面子，皇上再送两张空头支票往他脸上贴金，一是"太子太傅"的头衔，二是一块由大学士张瑞图题写的"孝恬"匾额。

好险哪，李尚书！李春烨的轿子刚刚在泰宁修饰一新的尚书第门前落定，熹宗皇帝那双磨出老茧的手就永远地垂下，再也不能抢斧使锯了。同年十一月，魏忠贤被发配到安徽凤阳，崇祯皇帝降谕兵部："逆恶魏忠贤，擅窃国柄，诬陷忠良，罪当死，姑从轻降发凤阳，不思自惩，素蓄亡命之徒，环拥随护，势若叛然，命锦衣卫擒赴，治其罪。"前面说过，魏忠贤本质上是个怯懦的文盲，哪里经得起如此惊吓，一获知新皇帝的旨意，就和干儿子李朝钦一起上吊死了。魏忠贤亲属及内官党附共分七个等级处理，新登基的崇祯皇帝念李春烨有"振刷禁旅之功"，只给他五等处罚，交款赎身了事。

李春烨少年时代"读圣贤书"种子，总算结出了"干国家事"的累累硕果，可是，他却品尝到了苦涩。

朱大可在描述客家的历史分裂时说，"战乱与屠杀驱赶了他们，越过北方的广阔平原，客家人携带细软，向长江南岸大规模逃亡。只有南方诸山收留了这些客人，为他们阻挡着北方统治者和南方土著的视线。"李春烨以为，在泰宁县城有石砌的跨街"恩荣坊"；门额嵌有巨幅石匾"尚书第"；大厅内高悬钦赐的"孝恬"匾额，不敢说威慑泰宁，至少过上受人尊重的乡绅生活总没有问题吧？

衣锦还乡本没有错，王光明教授指出："问题仅仅在于，当他们经过世世代代的奔波迁徙，终于拓垦出一方新土安居乐业之后，精神与梦想是否还能冲出桶箍般群山的围困，血液中是否依然鼓胀着筚路褴褛、以客为家的豪情？"李春烨以客为家的豪情早就被魏忠贤平息了，他累了，需要宁静的生活来疗养内心的伤痛。这，就是李春烨的天真。

俗话说"家有万斗金，外在一杆秤"，李春烨这个放牛娃有多少家底七乡八里的谁人不知？如今出息了、做官了就要起高楼、建豪宅，谁会服气？朝廷的尚书能赚多少钱，泰宁的老百姓是心中有数的。纵向的比较是泰宁宋代状元邹应龙，官也当到工部、刑部、礼部尚书，告老还乡时却是两袖清风；横向的比较是同时代的海瑞，官至南京直隶巡抚仍然靠祖传的几亩薄地供全家糊口。安贫乐道是君子的特征，李春烨过去困窘的家境使他养成少年壮志，如今富甲一方却损害了他的形象。关于李春烨的财富来源，在泰宁一直是众说纷纭、莫衷一是的：

按李春烨儿子们的说法，是皇上一次次赏赐的金银；

民间普遍怀疑李春烨是阉党，"来时萧索去时丰，金银财宝一扫空；唯有江山移不动，临行描入图画中"；

有小道消息说，李春烨查处山东陶朗先贪污案时，将赃银运回自己家，泰宁八大城门洞开，搬了三天三夜。

当李春烨回到老家的时候，诸如此类的说法就趋向一致了。老百姓从城门外张贴的海捕文书上获悉：魏忠贤畏罪自杀，李春烨受五等处罚，并且交款赎身。李春烨对朝廷是非的逃避结束了他辉煌的从政生涯，晚年的凄凉生活却刚刚拉开序幕。

少年同窗的雷一声与李春烨是莫逆之交，然而，李春烨显贵后，雷一声"三十余年不欲一见"。而今受朝廷处罚，还指望谁来宽慰落难的李春烨？

众叛亲离还不算，"状貌修伟，美须，腴丰颐，声如洪钟"的李春烨，每次上朝出来，"则国人聚观之，惊以为神人"，那时是何等的威风凛凛。回到老家的情形可真是天壤之别，"林居十年，里狂少有侮之者，公欣然引唾面射之"。可以想象，当乡亲中的狂妄少年向他吐口水，而他又假装跟没事一样的时候，作为曾经的朝廷大员，李春烨是多么的心酸。

老年丧子是人生最大的不幸，李春烨的五个儿子中，恰恰是长子、次子比他更早离开人世。

笔者是独自一人进尚书第的，徜徉在规模宏伟的深宅大院里，幢与幢之间封火墙相隔的建筑特点、廊门相通的明代风格、巧妙的木架结构、精美的石雕斗拱，所有这一切，都会给人留下深刻的印象。那时正值日影西斜，深秋的寒意袭来，我不由感到历史久远的凄楚与迷惘。穿堂风似有似无地拂面而过，我仿佛听到李春烨沉重的叹息。

李春烨夫妇去世后，三子、四子也相继去世，只留下幼子"督理家政、维持门户"。家门如此不幸，门户岂能维持？尚书第几易其主，到清代已有三幢落入江氏名下。李春烨死不瞑目，时常闯入江公的梦中吓唬他，并痛斥说：

"你好大胆子，竟敢占住我李家房产？"

江公理直气壮地回应说："你身为兵部尚书，连大明的江山都不想保，守一座旧房子有什么用？"

　　李春烨哑口无言，隐身而去，再也不为难江氏一家了。对于一个客家人而言，就是要以客为家，承认自己是客旅、是寄居，这并不是很深奥的道理，而是一个智慧的人所拥有的最基本的认识。

　　李春烨错就错在官场上捞了一把之后，企图以客为家经营自己的小家庭。其时，李春烨应该选择的是，要嘛做个安贫乐道的忠臣、诤臣，要嘛卷起金银财宝上路，天下之大，哪里不能开基垦业？

　　永远在路上，这是客家人的命运，也是客家民系得以化险为夷的不二法则。谁违背了这个法则，谁就要受到惩罚，富贵如李春烨也不能例外。

　　李春烨是客家精神结出的一粒饱满的果实，但他必然地成熟、落地了，于是，向无言的大地沉寂而去就成了他唯一的命运。

乱世风华

——厦门大学在汀州

　　汀州——历练千年的历史名城。唐开元二十四年（736）建汀州，从此，历经城垣变迁，古城汀州处万山之中，成为盛唐至清末历代州、郡、路、府的治所和闽西政治、经济、文化的中心。

　　汀州——名扬天下的客家首府。自隋唐始，中原汉人为避战乱，筚路蓝缕以启山林，入闽粤蛮地，经千年繁衍，终于开创出一片举世瞩目的客家祖地。

　　汀州——光耀神州的红军故乡。20世纪20年代，中国共产党最早的军队"红旗跃过汀江，直下龙岩上杭"，长汀这块血与火浸染的红土地，孕育了"红色小上海"，也孕育了人民共和国的雏形。

　　这些都是老生常谈，相信读者早已耳熟能详。我要说的是，有一所改为国立第二年就避难到长汀的大学，扎根古汀州这片土地的滋养，短短数年间，一跃成为中国最出色的大学。她就是有"南强"之称的厦门大学。在那个战乱的年代，在这个偏僻的山城，一帮海外学成归来的知识分子，怀着满腔的报国热忱，一头扎进伤痕累累的长汀，舍身投入到白手起家的艰难建校中。

从厦门大学档案馆的珍贵文物到中国国家图书馆的馆藏资料，从厦门大学在长汀陈列室的焦黄老照片到厦大老校友没齿漏风的口述，我一次又一次地被震撼。作为汀州子弟的职业作家，我难以释怀，我欲罢不能，我有责任拂去这一段历史的风尘，呈现一部拿得出手的长篇小说。但是，在挽起袖子创作长篇之前，我却抑制不住内心的激动，迫不及待要告诉读者几个厦门大学在汀州的片断。

古汀州，厦门大学的避难所

1929 年的陈嘉庚很郁闷：世界经济危机爆发，橡胶价格一落千丈，货品大量积压，资金难以收回，企业遭到惨重打击。这时的陈嘉庚已是华侨中的传奇人物：他只上过九年私塾，却创办了一所厦门大学和一座庞大的集美学村。荣耀往往就是拖累，亲朋好友劝陈嘉庚削减汇给厦、集两校的经费，将有限资金投入企业经营，以渡过难关。陈嘉庚坚决不肯，他说："两校若关门，自己误青年之罪小，影响社会之罪大。"20 年来，陈嘉庚目睹了祖国故土的积贫积弱，兴学报国是他的梦想，怎么忍心前功尽弃？陈庚嘉有一句掷地有声的名言就是在这种内外交困的情况下撂下的："宁肯卖大厦，也要办厦大！"

1930 年开始，厦门大学的经费更加紧张，林文庆校长借助他在南洋的关系，一直在东南亚筹募经费。同时，学校向政府申请补助，1930 年 5 月，国民政府补助厦、集两校每年 6 万元。由于日军入侵，前线军费吃紧，国民政府的实际拨款只有三至五成。巧妇难为无米之炊，这一点钱，难死了林文庆校长。当时的厦门大学有 5 个学院、21 个系，没办法，林文庆不得不精简机构。全校只设文、理、法商 3 个学院，文学、历史社会、教育、数理、化学、生物、法律、政治经济、商业 9 个系以及附设高中部。

陈嘉庚的企业收盘之后，再也坐不住了，考虑再三，于 1936 年 5 月致电福建省政府主席陈仪和教育部长王世杰，请求将厦大无偿交归政府经办。6 月，厦大全体师生集会，决议致电教育部，并派代表赴南京请政府将厦大收归国办。

1937 年 7 月 1 日，南京国民政府核定，私立厦门大学正式改为国立，年经费 20.3 万元，列入年度预算。虽然这点经费是国立大学中最少的，但毕竟是国立了，陈嘉庚和全体师生松了一口气。

7 月 6 日，教育部任命萨本栋博士为厦门大学校长。刚从美国俄亥俄大学客座教授载誉回国的萨本栋是清华大学物理系教授，也是国际有名的机电专家，同时还是出色的网球运动员。风华正茂的萨本栋浑身有使不完的劲，他有决心也有信心把厦门大学办好。

然而萨本栋时运不济，第二天，仅仅是第二天，前来厦门大学报到的萨本栋行李还没放下，震惊中外的卢沟桥事变就爆发了。日本舰队频频进出厦门港，严重威胁厦门的安全。萨本栋真可谓"受任于败军之际，奉命于危难之间"。因此，萨本栋与林文庆校长办完移交手续后的第一个工作计划，不是筹款，不是建设，更不是教学，而是迁校逃难。

紧接着，平津沦陷、淞沪激战，日军袭击厦门更加频繁，厦大校园濒临胡里山炮台，又在日军炮舰的射程之内，处境危在旦夕。9月3日，日本舰队的羽风、若竹等3艘驱逐舰驶入大担岛海域，突然向厦门岛的曾厝垵海军飞机场、白石炮台和胡里山炮台发起攻击。日军一炮端掉厦门大学生物大楼，给萨本栋一个下马威，于是，逃难不仅仅是工作计划，而是一项迫在眉睫的任务。

逃难？说起来容易做起来难，中国之大，已经放不下一张平静的书桌，何况是一所大学？萨本栋首先想到公共租界鼓浪鼓，西方列强国旗飘扬的小岛也许是学生的避难所。

说干就干，学生的安全高于一切。第二天，萨本栋在鼓浪屿借用闽南职业学校部分楼房设办公处，借用英华中学和毓德女中部分校舍上课。10月5日，学校新聘美国芝加哥大学博士、燕京大学化学系教授兼系主任蔡馏生为厦门大学代理理学院院长，同时兼任化学系系主任，另聘5人为学校行政顾问委员会成员，鼓浪屿校区勉强运转。不等萨本栋喘一口气，10月26日，日军占领与厦门岛一水相连的金门岛，封锁了厦门港的出海口。

鼓浪屿的外国人自身难保，各国领事有的遣散家属、有的关闭领事馆，中国人哪能指望他们保护？那么，厦门大学迁到哪里去逃难更适合呢？萨本栋很纠结。这时，教务长兼文学院院长、语言学家周辨明博士建议萨本栋：迁长汀。周辨明是惠安人，但他的父亲周之德是个牧师，1892 年开始就在长汀传播基督教。周辨明了解长汀，长汀是县城也是州府，不但是闽粤赣交通枢纽，有深厚的文化底蕴，而且客家人热情好客容易相处，重要的是，汀州古城有一些闲置的文化设施可资利用。

萨本栋认为周辨明的建议入情入理，当即决定兵分两路：自己去福州找省主席陈仪商量，周辨明和秘书长杨永修赴长汀联系选址。焦头烂额的陈仪提不出更多的建设性意见，因为省政府也在筹备内迁逃难，那叫一个自顾不暇。陈仪能拍板的只有一条：省政府拨给厦门大学的迁校经费只有 5000 元，怎么花请萨校长看着办。

从厦门到长汀的交通极为不便，要翻山越岭走十几天才能到达，这点小钱运费也不够呀。萨本栋摆困难讲道理，总算说动了省主席，陈仪最后表态："我会配一部小车到长汀给你，要别的就没有了。"

当时的福建省第七区行署设在长汀，行政督察专员秦振夫会见了周辨明和杨永修，支持厦门大学内迁长汀，答应拨借行署部分房屋给厦大。厦门大学迁移长汀的大计就这么敲定了。

1937 年 12 月 20 日，厦门大学正式停课，大批量的图书资料和瓶瓶罐罐装箱待运，经过三天的忙碌整装，24 日开始向长汀进发。

古汀州，以客家人的博大胸怀，展开臂膀迎迓危难中的厦门大学。

萨本栋的梦想

从厦门到长汀行程 800 里，要渡过鹭江、九龙江，越过崇山峻岭。本来就断断续续的公路，为防止日军登陆，早被挖成一段段的城堞，不用说行车，徒步也得弯弯曲曲地走。加上土匪出没、车辆罕见，300 多名师生肩扛手提行李和书籍，走了整整 23 天才到达长汀。1938 年 1 月 12 日，图书、仪器、标本、设备等陆续运到。等掉队的老教授和女生到齐，萨本栋的清点结果是：学生 239 名，教职员工 83 人，其中教授 18 人，副教授 4 人，讲师 8 人，助教 14 人。这就是厦门大学的全部家底。

经过多年的红白拉锯战、多达五次的"围剿"和"反围剿"，虽然四年前红军就被迫撤离长汀开始长征，但古汀州的文化已遭到重创，建筑被毁、文人凋零，按周辨明博士的说法是"举目凄凉无故物"。

厦大校址位于北山麓文庙、万寿宫一带，与长汀中学校舍紧密相连。学校以长汀文庙为办公场所，借一座破楼做女生宿舍，租一家饭店给教授安身栖息。萨本栋和太太黄淑慎，儿子萨支唐、萨支汉全家四口住在破落的仓颉庙，收拾出两间空房凑合成卧室和饭厅。从十里洋场的厦门，到穷僻落拓的长汀；从雕栏石砌的高楼大厦，到画栋剥落的破败庙宇；从富贵繁华到简朴寒碜；这期间，转变得太惊人了。许多女生脑筋拐不过弯来，走进校门擦的不是汗水而是泪水。

萨本栋顾不了女生的眼泪，他首先要解决同学们的肚子问题，这些小青年正是长身体的年龄啊。萨本栋拜访专员秦振夫、县长黄恺元和几家被拉锯战吓破了胆的幸存富户，多方化缘，派人到产粮区采购糙米。山城长汀比厦门冷多了，刺骨寒风钻进破楼宿舍，吹得衣衫单薄的外来学子无处躲藏。当食堂新砌的灶台煮出热气腾腾的糙米饭，同学们敲响搪瓷碗欢呼雀跃，有沙子、含泥土的糙米饭在这帮饥肠辘辘的年轻人看来，胜过满汉全席。萨本栋看在眼里，既欣喜又心酸。不，这样会营养不良的。

萨本栋又从驻军赞助来两麻袋的黄豆，交代伙房一定要煮烂。走出茅草搭盖的食堂，萨本栋还是不放心，倒回去叮嘱师傅："一定要煮烂啊，越烂越好。"师傅说："萨校长，黄豆太烂就难吃了。"萨本栋说："我不是要同学们好吃，而是要他们多吸收营养。"学校给学生提供早餐配黄豆、中餐配青菜的食谱，饭不限量，可以放开肚皮吃，节假日还有豆腐和肉丝，基本保证了学生的身体健康需要。在那个民族危亡的特殊年代，这可是天堂般的日子。

好了，学生说得上是有饭吃有课上，可是实验室怎么办？没有实验室，教学无法开展，那些费了九牛二虎之力从厦门搬来的玻璃仪器也派不上用场。萨本栋与化学系主任刘椽教授一起，带领师生将长汀的一座监狱改成了实验室。萨本栋对这个宽敞的实验室很满意：桌椅齐备，大多数实验一人一组，每个学生都有机会独立操作。

萨本栋来不及高兴问题又来了，实验要用水，长汀没有自来水，怎么办？大家在实验室后面堆个土墩，用陶瓷大缸储存清水，再用竹管导进来。热源要靠酒精灯，可是去哪里找酒精呢？大家想到长汀的泥炉木炭，问题是炭炉温度难以调节，做饭可以，做实验是行不通的。经过几个月的摸索，酒精分馏器终于制成，每天可以从客家米酒提炼出 3 ～ 5 升酒精，解决了酒精灯的燃料问题。

师生们还自己动手，自制出实验用的酸碱。萨本栋厉行节约，实验时，蒸馏水要从洗瓶吹出一点细流，倒出来就浪费了；配好的药品要滴出来，不能直接倒出来。由于萨本栋和老师们的精心设计与有效管理，在艰苦卓绝的环境下，理工科的同学们得到了应有的实验训练。

长汀没有电，萨校长将政府配给自己的小汽车上的发动机卸下来，作为发动机，连接交流发电机，向教室和阅览室供电，给同学们的学习带来光明。

教材不够，学生轮流阅读，人停书不停。中文类的教材干脆让学生自己抄上一遍，以强化记忆。

战乱让多少家庭流离失所，许多同学到了长汀就再也联系不上父母，有的同学家里本来就穷困，即便家里过得去的，钱也汇不到这个千里之外的山城。如此这般，使得大部分学生成为特困生。萨本栋这个年仅 35 岁的校长，就成了同学们眼巴巴的指望。为了让这些受伤的心得安慰，萨本栋制定措施：学生可以申请战区学生贷金，每月 8 元，毕业后就业时清还。

为了给学生提供更多的兼职机会，萨本栋放下博士校长的身段，四处求爷爷告奶奶，把学生介绍到校外兼职工作，解决他们的燃眉之急。长汀中学就像是厦门大学的附属中学，除了黄恺元县长兼任校长和数学老师林钟鸣外，其他主要老师都是厦大来的。当年在长汀中学读书的著名画家罗炳芳对厦门大学中文系的朱一雄同学心存感激，认为没有他的绘画指导，自己就不可能考上中央美术学院。厦门大学在校生的兼课，提高了长汀中学的教学质量，当时的福建，除了省教育厅督办的永安中学和福州一中外，就推长汀中学。

政府经常不能及时拨下经费，为维持员工生计，萨本栋率先执行减薪，按三至五成支领校长薪俸。为节省经费，萨本栋规定领导和教授不得安插自己的亲属在学校工作。萨本栋的夫人黄淑慎毕业于师范大学，是标枪名手，虽然当时厦门大学很需要体育女教师，萨本栋带头遵守规定，让太太担任完全义务性质的女生指导员，不领一分薪酬。

艰危的时局、简陋的条件、匮乏的物资，使得师生从信念到风尚都发生彻底的转变。全校上下提倡朴实的学风，全力加紧研究学术与培养技能，师生们埋头苦干，目的是要培养一大批基础知识扎实、实践能力过硬的毕业生，以拯救国家民族。这就是萨本栋的梦想：读书救国。

抗战，我们的第一必修课

1938 年 5 月 10 日凌晨，日军大举进攻厦门，从五通浦口登陆，在厦大校址投下 50 几颗炸弹，生物学院和化学院被攻毁，博学、映雪两楼受损，整个校园浓烟滚滚。消息传到长汀，师生义愤填膺，痛斥日军罪行，要找日本人算账。

不等热血青年去厦门找，日本人自己打上门来了：日军飞机三天两头飞到长汀轰炸骚扰。为了使损失降到最低，当局在北山设警报台，挂一个红球预报远处有敌机，挂两个红球表示敌机临近。管理女生宿舍笃行斋的胖大嫂最关心警报情况，当她发现挂出两个红球时，马上背起三岁的小女儿大声喊叫："红球两个！红球两个！"敦促姑娘们赶快躲进防空洞。

当时厦大的防空洞就开凿在校园的后山，洞体是石灰岩的，有两三个洞。除了人工开掘的坑道外，天然的山洞也成为了临时的防空洞。当时在厦大中文系任教的郑朝宗先生《汀州杂忆》一文中说："长汀八景之一的苍玉洞离城较近，是我们常去躲避日机空袭的地方。"

青年校长萨本栋总是站在洞口指挥师生，自己最后一个进洞。洞小人多，又没有通风设备，萨本栋指挥洞口和洞内深处的师生不断地换位，以分享洞口的新鲜空气，防止有人昏倒。防空洞内是一个潮湿的世界，大家昏昏沉沉地坐在地上，期待警报的解除。多少日寇侵凌的国恨家仇，多少山河破碎的靖康之耻，正是在这暗无天日的山洞里一点一滴地积攒起来，化为报仇雪耻、挽救民族危亡的满腔热血。

国民政府倡导"十万青年十万军"，号召青年从军。教育部长陈立夫认为，抗战总有结束的一天，那时候国家需要大量的复建人才。因此政府仿效英国，大学以上学生不必当兵。但是厦门大学还是有百名学生自愿报名从军，占在校学生总数的十分之一多。新四军二支队北上抗日路经长汀，厦门大学师生为子弟兵举行盛大的欢送会，并有一批学生当场加入新四军。没有从军的学生同仇敌忾，迅速组织成立"国立厦门大学学生救国服务团"等社会团体，各种定期不定期的报纸、刊物围绕"抗日救国"的主题竞相出版，使得长汀的文化活动异常活跃。时间最早、人数最多的民间抗战团体"长汀县抗日后援会"公举萨本栋为名誉会长，吸收大量厦大学生入会。

厦大中文学会主编《巨图》、厦大战时后方服务团出版《唯力》、厦大校友总会出版《厦大通讯》、抗日后援会出版《战声》，师生们在这些期刊发表慷慨激昂的作品，大声疾呼全民抗战，如诗歌《不抗战必遭灭亡》《保卫大福建》，小说《在海轮上》《我们的游击队》等。

1938年6月，王僧如在长汀中山路创办《汀江日报》，国际、国内和地方新闻俱全，发行闽粤赣三省几十个县。1939年11月，《汀江日报》改为《中南日报》，迁址三元阁，厦大校友罗瀚任社长、厦大学生邹锡光等为编辑。《中南日报》每天都有副刊，这些副刊大多由厦门大学的博士教授主编，如黄开禄博士主编《经济副刊》、谢玉铭博士主编《科学副刊》、李培囷博士主编《教育副刊》、冯定璋教授主编《商学副刊》、魏应麟主编《闽赣话余》等等。仅一年半时间，就在副刊发表500余位作者的作品，包括夏衍、秦牧、魏金枝、陈友琴、李金发等一大批名家。除了诗歌、小说，还有杂感、散文、文艺评论、通讯报道、知识小品、翻译作品、木刻等，种类繁多、内容庞杂，但主旨却只有一个：团结抗日。这些作品有控诉日寇暴行的、有反映民众抗日情绪的、有抒发离愁别绪的、也有歌颂祖国河山和民族英雄的。这些出版物和文学作品对宣传抗日救亡、激励民众抗日热忱所起的作用，我们后人就是用最先进的计算机也难以评估。

与此同时，厦门大学率先成立"厦大剧团"，师生以表演话剧的形式宣传抗日，呼唤人们团结起来反抗侵略。除了汀城，他们还到周边的县市演出名剧，如吴祖光的《凤凰城》、于伶的《女子公寓》、曹禺的《雷雨》、田汉的《再会吧，香港》、洪琛的《飞将军》、王梦鸥的《生命之花》等。演出话剧《家》找不到小演员，萨本栋把儿子萨支唐拎出来交给剧团，命令儿子只能演好不能演砸。

1939年6月开始，厦门大学在长汀亚盛顿医馆举办民众学校，教唱抗战歌曲，讲授防空知识，宣传日寇侵华罪行。民众学校举办多期，期期爆满，许多青年男女每天步行几十里从乡下进城听课。

1945年，东南数省唯一的空军基地在长汀竣工，可停B-25空中堡垒巨机。由于日军攻占粤汉铁路，长汀机场成为东南诸省联系首都重庆的唯一空中通道。2月2日，盟军美国十四航空队进驻长汀机场。十四航空队有飞机50余架，大部分为重型轰炸机，少数为战斗机。飞行员和空勤、地勤人员共200余人。他们的主要任务是打击台湾等地的日本军事目标，通常从太平洋上的航空母舰起飞，完成轰炸任务后，飞到长汀机场降落，第二天再由长汀飞回航母甲板。

除长汀机场外，美军驻宿在汀城的三个地方：林森路东南旅运社、南寨梅林中山堂、水东街婆太巷的丽园。这些分散在各处的美国大兵由于语言不通，常常与当地人闹笑话，当然也闹别扭。厦门大学外文系的学生这个时候可派上了用场，萨本栋让他们分批对点给美国大兵当翻译。长汀客家人本来就热情好客，能对上话，跟这些老外的关系自然就融洽了。美军杜立特航空队空袭日本东京后，朝西飞往中国，除了一架迷航飞到苏联勘察加半岛外，其余轰炸机在中国境内坠毁。中国抗日军民营救美军飞行员并送到长汀盟军机场，长汀的老百姓自发为他们组织了欢迎会。

陈纳德是美国陆军航空队飞行少将，此时担任在中国作战的美国志愿航空队"飞虎队"指挥官。陈纳德特地找到萨本栋校长，在表达谢意的同时，也提出顾虑：同学们会不会因为充当美军的翻译而耽误学习？

对此，萨本栋的回答掷地有声："我们的教学任务的确很重，但是，抗战是每个学生必须及格的第一必修课。"

加尔各答以东第一大学

1939年9月，蒋介石在重庆召见萨本栋校长，指出厦大"现为东南唯一国立学府，政府属望甚厚"。

萨本栋不负政府厚望，内迁长汀两年后，在卧龙山麓东自育婴堂，西至中山公园周围一大片坡地上，鳞次栉比地建立起同安堂、嘉庚堂等一幢幢简易教室，教室大的可容上百人，小的可坐30人，分散在四处，各有编号。这些教室除少数砖木结构，大多是木结构平房，屋顶用瓦或树皮，墙用柴泥、灰浆、鱼鳞板盖成。教室环境安静、通风良好、光线明亮。学生宿舍有集贤斋、博爱斋、映雪斋、囊萤斋、笃行斋、求实斋、勤业斋……厦大校区逐渐连片，占地近150亩，看上去有半个长汀城。这在经费高度紧张、政府力不从心的乱世是多么的不容易。

虽然战时交通不便，厦门大学的纪律还是严明到刻板的程度：超过注册时间的学生不能入学，对不起，明年再来；体检不合格的学生不能入学，校医吴金声博士执法甚严，对体质不合格的学生从不通融。前者为了训练学生要有守时的观念，后者在于警示学生要加强体育锻炼。

萨本栋支持学生自由创设各种社团，却极力反对搞同乡会。萨本栋是福州人，但在长汀从来不拉老乡、不讲福州话，为的就是营造五湖四海一家亲的校园气氛。

萨本栋严把生源关，在招生上绝不徇私，萨家的几个晚辈多次报考厦门大学，因分数不够，照样未被录取。驻长汀的国民党军长亲自登门拜访，要求让儿子免试入学，萨本栋严词拒绝，说"欢迎你儿子通过考试录取后来厦大学习"。一个海军司令也找到长汀，愿意将海军所属造船厂的机械设备送给厦门大学，以换取儿子读厦大。萨本栋质问他："难道我可以拿厦大的名誉作交易吗？"因此在军界政界，许多达官贵人戏称萨本栋为"杀不动"。

1940年，陈嘉庚代表南洋一千万华侨回国慰问抗战将士，在访问了重庆、西安、延安等地后，于当年11月9日折道到达长汀，视察厦门大学。他踏遍厦大长汀校园的各个角落，发现学生勤奋好学，蔚然成风。当陈嘉庚走进图书馆，看到大小阅览室鸦雀无声，一排排书桌前，学生们都在聚精会神地攻读。见多识广的华侨领袖高兴地说："厦大有进步""比其他大学可无逊色"。

嘉庚奖学金、林文庆奖学金、刘树杞奖学金、萨师俊奖学金、中正奖学金及各省教育厅奖学金也先后设立起来，还有热心人在化学系设立匿名奖学金，每年奖励两名学生，每名奖金200元。雪中送炭的奖金对那些清寒好学又学费无着的莘莘学子，无疑是心灵的抚慰。

陈嘉庚和萨本栋一起多方筹措资金，从美国订购了48万元国币的

仪器和图书，充实了理工科的实验设备。共拥有实验室 31 间，可容纳
600 多名学生同时进行实验。扩充一间图书馆，中外图书超过 6 万册，
中外文杂志超过 2 万册，常年订阅中外文杂志达 257 种，报纸 29 种。
在战时的全国各大专院校中，这些硬件是名列前茅的。

尽管要不时躲避日寇飞机的轰炸，可是同学们惜时如金，学习勤
勉，因为他们知道学习的机会来之不易。一位商学院的老校友回忆
说："因为功课关系，我们都是在五点半以前就起床了，绕操场跑上
一刻钟，读一两页英文，然后吃早餐。第一节的功课是从 6 点钟开始
的，每节 50 分钟，文法二院的功课多半是集中在上午的时间，商学院
和理工学院则因实验和实习的关系，下午也很忙。没有课的时候，我
们总是到阅览厅里去读书看报，在一、二年级的四个学期中，就要把
亚当·斯密的《国富论》，李嘉图的《政治经济学及赋税原理》，马
克思的《资本论》，庞巴维克的《资本肯定论》，和一般的经济学理
论书籍，阅读一遍"。

萨本栋校长十分看重基础课教学，他采取的措施主要有三条：首
先，知名教授、专家权威亲自讲授基础课。光谱专家谢玉铭教授刚到
任，第一学期就开设 5 门课，每周 25 学时。傅鹰教授讲授普通化学，
陈子英教授讲授普通生物学，李庆云、周辨明教授英语。朱家炘、黄
开禄、洪深、蔡启瑞等知名教授任课都在 10 学时以上，相当一部分周
学时超过 20 学时。如此豪华的基础课教师阵容，就是用现在的眼光来
看，亦属罕见。其次，国文、英文、初等微积分三门基础课每周测验
一次，以保证根深蒂固。第三，理论课重视感性体验，强调实习和动

手。工程画、工厂实习、物理、化学实验都列为必修学分。

与此同时，萨本栋注重对学生通识的培养，要求文科学生必须要有一定的自然科学知识，理工科学生不能没有社会科学知识。学校实行严进严出的原则，每年被淘汰的学生不少。对于毕业生的考试要求也很严格，一般3人中至少有一人不能按时毕业。学校还实行严格的导师制，对学生的学习生活各个方面进行指导，且做记录以便更好地了解每个学生，引导学生的发展。

多难兴邦亦兴校，这所出入于长汀防空洞的大学，形成了"爱国、勤奋、朴实、活跃"的校风，在国难当头中艰难复兴，奋力拓展。1940年8月，国民政府教育部举行全国性学业竞赛，分为甲、乙、丙三类。甲类为一年级学生国文、英文、数学三科竞赛；乙类为二、三年级学生各科系主要科目竞赛；丙类为四年级学生毕业论文竞赛。厦大选出参赛生甲类7名，乙类13名，丙类7名。甲类竞赛获奖者1名，乙类获奖者4名，丙类获奖者3名。按获奖人数与经费数评定，厦大名列第一，排在前12名的国立大学还有中央大学、武汉大学、浙江大学、中山大学、西南联合大学、四川大学、师范大学，私立大学有岭南大学、东吴大学、复旦大学和省立重庆大学。1941年全国专科以上学校学业竞赛，厦大又有6人得奖，在全国最好的5所名校中再居首位，蝉联全国第一。1943年的联合国论文竞赛和福建专科以上学校学生辩论会，厦门大学又获得两个第一名。

厦门大学名声大振，东南数省的学子都以能到长汀读厦门大学为荣。时任教育部长的陈立夫对这所最逼近日军占领区的厦大"困处长汀，辛苦奋斗"，"尤深嘉慰"。

厦门大学在长汀创办了土木工程系、电机工程系，复办了法学院；到 1945 年抗战胜利时，全校发展为 4 学院 15 个系，教授、副教授 94 人，在校生达 1044 人，是初迁长汀时的 5 倍，真是一个令后人难以置信的奇迹！

英国纽凯索大学雷立克教授、美国地质地理学家葛德石、剑桥大学生物化学教授李约瑟博士等先后来校考察和学术访问，他们对厦大斐然的成绩备极赞扬，都认为"厦门大学是加尔各答以东之第一大学"。

加尔各答 (Calcutta) 是印度最大的城市，也是东方最大的商业名城之一，加尔各答以东，就是地理学上所说的东亚。换句话说，在这些国际著名的学者看来，设在长汀的厦门大学已经是东亚各国第一大学。

群星璀璨，光耀汀州

民国著名教育家、被誉为清华大学"终身校长"与百年清华史上"四大哲人"之一的梅贻琦先生，早在 1931 年的就职演讲中便道出"所谓大学者，非谓有大楼之谓也，有大师之谓也"这一振聋发聩的教育名言。萨本栋毕业于清华学堂，美国读完博士又在清华大学任教，对校长的这一论断深为推崇。长汀没有大楼，萨本栋能做的就是请来大师。

来长汀后，萨本栋校长一直把提高教学质量放在第一位。萨本栋调动所有的人脉关系，给自己熟悉的知名学者去信，以求贤若渴的诚意，最大限度地为厦大引聘人才。1941 年厦大 51 名教授中，有 47 名来自萨本栋的母校清华大学。正是他们，把清华大学勤教勤学的优良风气带到长汀厦大。萨本栋还聘请一大批名家前来长汀担任重要职务：蔡镏生教授代理理学院院长，刘椽任化学系主任，周辨明、余謇、方德值等教授分别任外文系、数学系、生物系主任。

邹文海教授是当时著名的法学专家，受中山大学聘请赴职路过长汀，萨本栋喜出望外，设下酒局要横刀夺爱。席间，萨本栋提出厦门大学的法学急需加强师资，请邹教授务必留下。这让邹文海十分为难，因为他不想失信于中山大学。萨本栋说："胡步曾拉去我的陈耀庭，我就扣他的邹文海，两不吃亏。"邹文海拗不过萨本栋，加上黄开禄在旁边帮腔，只好辞掉中山大学，留在了长汀。

那是个大师云集长汀的时代，不少学术泰斗、博学鸿儒执教厦大讲坛。在这里，很有必要一一罗列他们的名字，因为此后的长汀，就再也没有这么风光过了。

马寅初，著名经济学家、教育学家、人口学家。马寅初在长汀为厦大学生的经济学演讲言词诙谐，通俗易懂，引起同学们的极大兴趣。

华罗庚，世界著名数学家，是中国解析数论、矩阵几何学、典型群、自安函数论等多方面研究的创始人和开拓者。华罗庚不但来长汀厦门大学讲学，还支持师生成立数理学会。

李四光，著名地质学家，中国地质力学创立者。1941 年，李四光先后到川东、鄂西、黔东、桂北、闽西等地考察地质构造和第四纪冰川遗迹。到长汀考察地质时，在厦门大学做学术报告，正式提出"地质力学"这门边缘新学科的命名。

朱家骅，中国教育界、学术界的泰斗、外交界的耆宿，中国近代地质学的奠基人、中国现代化的先驱。历任民国政府中央研究院代理院长、行政院副院长、教育部部长、交通部部长、浙江省政府主席等职。朱家骅到长汀讲座，进入厦门大学时，校园冷冷清清，并没有"欢迎如仪"的热闹场面。萨本栋说："大学不是衙门，不需要向权贵献媚，我们只是把朱先生当成学者。"

王亚南，中国著名的经济学家和教育家，《资本论》的翻译者。1945 年初，王亚南到长汀厦门大学讲学，用《资本论》的理论和方法创造性地分析传统中国经济的运行规律。

卢嘉锡，汀州永定县坎市镇浮山村人，著名化学家。1946 年 3 月，卢嘉锡从美国回国后不久，即到长汀厦门大学校本部任化学系主任。卢嘉锡上课既无讲稿，更无教本，一张小张条记些提要，总是滔滔不绝。

施蛰存，中国现代著名作家、翻译家、学者，因创作《春灯》《周夫人》，成为中国"新感觉派"的代表作家。施蛰存在厦门大学教学四年，因住在汀州北山脚下的厦大宿舍，便一直以"北山"为笔名，发表多部著作，如《北山楼诗》。

林庚，著名诗人和文学史家，毕业于清华大学，留校任朱自清助教。1937 年至 1947 年任教于厦大，是厦门苦难与辉煌的见证人。林庚因为上文学史创作了《中国文学史》，这部最具个人创造性和鲜明特点的《中国文学史》出自长汀，长汀很荣幸地拥有学术创新的荣耀。中文系老师还有王梦鸥、虞愚、戴锡樟以及后来一直留在厦大的郑朝宗、黄典诚等名家。

朱保训、张稼益、顾瑞岩、黄中、徐世大、徐人寿、王敬立、罗孝登、刘士毅、方虞、陈世昌、陈清华、方德植、陈烈甫、谷霁光、林榕、肖贞昌、童国珺、李笠……每一个名字我都上网百度搜索一遍，他们都在自己的学术领域获得非凡的成就，他们都在乱世生活在长汀、站在厦门大学的讲台。

厦大师生发起组织了一个"笔会"活动。"笔会"是一个没有组织章程、也没有组织形式的文艺爱好者的组织，提倡以文会友、自由结合、自由创作和定期交流。"笔会"的成员中谁发了文章拿到稿费，谁就请客，吃长汀花生，喝客家米酒，边吃边讨论文学。"笔会"每年端午节都要在校内外举办诗歌朗诵会，醉人的文学氛围培养了一批著名的学者、文艺家，高等教育学科创始人潘懋元教授、台湾艺术学院姚一苇教授、美国维吉尼亚州"艺苑"创办人朱一雄、书法版画家朱鸣岗教授等人都是当年笔会的活跃分子。

长汀时期，厦门大学共培养出国家科学院和国家工程院院士15人、美国国家工程院院士1人、大学校长6人，海内外著名的专家、学者、教授、企业家数百人，这在当时中国的大学是屈指可数的。物理学家谢希德，地球物理化学专家曾融生，院士艾兴、张启先等精英人物都是在长汀读完厦门大学的。仅一个化学系，厦大在长汀期间就先后培养了李法西（海洋化学家）、邓从豪（量子化学家，院士，山东大学校长)、周绍民(电化学家)、黄保欣(香港实业家、社会活动家)、林尚安(高分子化学家、院士)、张存浩(物理化学家,院士)、李联欢(化学家)、张永巽(化学家)等一大批名家。

1945 年台湾光复后,一批又一批的厦门大学毕业生从长汀到台湾去发展,成为后来造就台湾经济奇迹的重要人才团队,在台湾光复60年的岁月里,长汀厦门大学台湾校友会始终是台北充满活力的社团!

从浩瀚的回忆文章可以看出,他们都把长汀当成第二故乡。这些名人就像天空璀璨的群星,光耀汀州的历史。

尾声:乱世风华,荫泽后代

古代战争曾迫使民族大迁徙,推动文化大流动,大发展。长汀地处福建西部,闽赣边陲要冲,自古人文荟萃,文化昌盛,是著名的历史文化古城。长汀,我的父母之邦,这片广袤而富饶的土地,她的每一道沟壑,每一道阡陌,都刻下了客家人勤劳勇敢的烙印。汀江,古老而神秘的客家母亲河,她是苦难和美丽的象征,负载着客家人开天辟地的历史。

宋朝时,汀州城墙周长"五里二百五十步",开辟六道城门,如此豪华气派,对于小山城来说,在中国历史上是罕见的。汀江上有十个码头,使汀州成为明清两朝闽粤赣三省交界处物资集散的重镇。"上河三千,下河八百"就是当年汀江每天往来运输货船川流不息的写照。这些都无声地证明着当时长汀"阛阓繁阜,不减江、浙中州"的景象。数据表明,长汀被列入文物保护范围的史迹之多,级别之高，位居福建第一，是全国 99 个历史文化名城之一。

以厦门大学为代表，战时迁来长汀的大专院校，为古汀州的文化事业发展作出了重大的贡献。从南昌迁来的中正医学院，是东南各省培训医务人员的学府；从福州迁来的福州高级工业职业学校，是本省首屈一指造就技术人才的学校；国立第一侨民师范学校，学生来自东南七省；址设社下角的入伍生团，为中央军校培训初级军官的机构。闽、赣、粤数省成千上万名莘莘学子负笈远行，慕名涌进汀州古城求学，使长汀的文化面貌焕然一新。东南沿海一些厂商和金融事业机构也相继赴汀谋求发展。抗日战争时期的长汀，成为一个政治、经济、文化和人口集中的大后方，繁荣景象极盛一时。那是古城汀州最辉煌的时代。

世界上任何一所大学，之所以有魅力，正是因为有一批在学问和品格上有魅力的大师。清华因梅贻琦、陈寅恪等大师而骄傲；北大因蔡元培、胡适等大师而自豪；南开有张伯苓、陈省身等大师而辉煌；浙大有竺可桢、钱三强等大师而传世；厦门大学能立足于山城，发展于乱世，正是因为有了萨本栋等一批大师在长汀披荆斩棘、呕心沥血、竭诚奉献、以身垂范。

萨本栋的祖上是元朝大诗人萨都刺；叔公萨镇冰参加过中日甲午海战，由晚清入民国期间历任北洋政府海军总长、代理国务总理等职；萨本栋的父亲萨福绥，日本高等师范毕业，历任福建华侨学校校长、福建教育司视学、北京侨务局参事等职，终身为民族的崛起而奋斗；萨师俊是萨本栋的堂兄弟，1938 年 10 月 24 日，中山舰在武汉会战中与敌机激战，最终被日军炸沉，阵亡的 25 英烈中，就有舰长萨师俊等 20 名闽籍将士。

福州安泰河沿榕树掩映的朱紫坊 22 号，大门口挂三块牌子："萨镇冰故居""萨本栋故居"和"萨师俊故居"，朱红大字提示仰视这座大宅院的人们，这是一门忠烈。

萨本栋 1902 年出生于福建闽侯，1922 年清华学堂毕业后被选派到美国斯坦福大学学习，获麻省伍斯特工学院博士学位。萨本栋在美国期间，写了一本有关电力网络理论的专著《电路分析》，是驻美大使胡适联系出版的。出版商抱歉地告诉胡适，这本书卖不动，只能印 400 本。胡适说："400 本够了，萨本栋的书全世界只有七个人能看懂。"可见，萨本栋的理论研究已步入世界前列。

1928 年，萨本栋回国担任清华大学物理系教授。萨本栋酷爱体育运动，是清华大学的网球高手，腰杆挺拔、体格健壮。1929 年冰心结婚时，萨本栋和燕京大学校长司徒雷登（后为美国驻华大使）是男傧相，从照片上看，萨本栋风度翩翩健康潇洒。研究这一段历史后我发现，萨本栋是在长汀累死的。

萨本栋饮食简易、衣着俭朴，经常穿布质中山装、脚穿球鞋在校内奔忙，新来的同学往往以为是工友园丁。萨本栋身为校长，在那个特殊的时期特殊的地方，校务的繁忙程度可想而知。可是萨本栋始终坚持亲自为学生授课，最多的一学期开设了初等微积分、电工原理、交流电路、交流电机、无线电 5 门课，每周都超过 20 个课时，是所有教师中课时最多的。

　　如此繁重的劳动，却得不到应有的营养补给。自己的工资不能足领，夫人在学校做义工不能领工资，还要养两个孩子，并且经常叫学生来家里吃饭，生活的拮据可想而知。仓颉庙周边有空地，萨夫人勤俭持家，利用空地种菜，一家四口才得以果腹。长期的劳累过度使萨本栋患有严重的胃病和关节炎，到1943年朋友们见到萨本栋时，已是"面色苍白，弯腰驼背，拄着拐杖"。没多久，拐杖掉地上，萨本栋已经不能俯身拾起，校医吴金声博士特制了一件铁衫，让校长能撑腰上课。萨本栋不愿因为自己拉下学生的功课，实在走不动，就把学生请到家里来上课，病痛使他汗流浃背，板书写得歪歪斜斜。

　　1944年8月，萨本栋终于病倒，不得不向教育部提出辞呈。9月，教育部批准萨本栋的辞呈，任命理学院院长汪德耀为国立厦门大学校长。

　　萨本栋离开长汀到美国治病，长汀各界举行隆重的欢送仪式，大家都盼望这位上可摩天下可接地的校长早日归来，厦门大学需要他，长汀需要他。

　　在美国的加州医院，医生们发现萨本栋的胃都是癌细胞，他的病，完全是被工作耽误的。可是萨本栋关心的不是自己的病，是厦门大学的未来，是中国科技的发展。他留下遗嘱，要把器官捐给国内科研机构。萨本栋的病情时好时坏，此间，他的职务是中央研究院总干事、物理研究所长，英国、美国讲学治疗四年半之后，在旧金山逝世，年仅47岁。

　　1945年8月16日，日本军队无条件投降！这一特大喜讯，犹如平地一声惊雷，顷刻传遍汀州古城内外。到处是震耳欲聋的鞭炮声、大街小巷的锣鼓声此起彼伏，人人扬眉吐气、喜气洋洋。厦大师生敲着脸盆、喊着口号奔向街头、跳跃欢呼。

狂欢过后，全校师生都在想同一个问题：日本人投降了，我们什么时候可以回厦门呢？

1945 年 12 月，汪德耀校长赶到厦门察看校址，查明原化学大楼、生物大楼、女生宿舍笃行楼、兼爱楼、白城教工宿舍 26 座，还有发电厂、膳厅、医院等，全部夷为平地。连梁木砖石，都被日军运去作防御工事，校园一片废墟。只有群贤楼群做些修理还可使用，但被国民党军用作关押日本俘虏的场所。

学校于是决定二至四年级学生仍在长汀待一年，一年级新生先在鼓浪屿上课。校方与英华中学协商，借用部分教室，又借到田尾小学部分校舍。汪校长带领复员处的工作人员四处奔走，征得日本总领事馆、日本博爱医院、八卦楼和日本小学等处为厦大校产，让一年级新生在鼓浪屿能够正式上课。

1946 年 2 月，日本俘虏从厦大撤走。6 月底，群贤、集美、同安、博学、囊萤、映雪等楼修缮工程相继完成。长汀校本部积极准备迁回厦门，大部分图书、仪器设备已装箱待运。当时，厦门与内地交通极为不便，长汀通往漳州的公路只修复到水潮。学校决定一路分三段：长汀到水潮，公路 498 华里；第二段水路：水潮到漳州，水路 120 华里。第三段转入海程：漳州到厦门，90 华里。

1946 年秋收季节，厦大将大量房产、家具、课桌和部分仪器分赠给长汀中小学等 25 个单位，师生全部返回厦门上课。厦门大学与古汀州的联手戏就此落下帷幕。

厦大辉煌成就的取得，离不开长汀人民的无私奉献；厦大在汀期间，先后招考录取汀籍学生一百多名，为长汀培养了各类人才。厦门大学没有围墙，与市民的松散杂处给长汀带来人气和文气；长汀水东街、中山公园、北山北极阁、朝斗岩、梅林令厦大师生流连忘返，汀江也是师生游泳的好去处。一位老校友深情地回忆："龙山在城的北部，毗邻厦大校址，上面有个北极楼，从那里可以坐看长汀全境……"厦大与长汀已是水乳交融。长汀的父老乡亲怎么舍得厦大师生离开，整整 9 年哪，就算是块石头也抱热了，更何况是一帮朝气蓬勃的热血青年。长汀没有什么可送的，就送一片心意吧，社会各界定做一块大匾额，雕刻"南方之强"四个大字送给离别的厦大。

这就是厦门大学"南强"的来历，这个传扬四海至今的最高荣誉不是政府颁发的，也不是什么权威机构评选的，是长汀的老百姓给的。每每想到这一点，我的心里都会涌起一股温情。是啊，众口铄金，人世间有什么奖杯比民众的口碑来得铿锵响亮？

可是，父老乡亲的热情、汀州古城的魅力留不住厦门大学，好比鸟巢留不住雄鹰、水塘留不住蛟龙。汀州的客家祖地啊，春雷打过、野火烧过，羊角花层层飘落过；祖先耕过、敌人炸过、大师曾经携手过。作为后人的我们，只要有心，就能在长汀的古迹史料中发现大师们当年的踪迹。

这些人，年代越久远，形象越清晰，我们越容易从芸芸众生中将他们识别出来，因为他们有理想有担当，迥异于蝇营狗苟的庸俗。他们在困苦中依然"幻想于一条清洁的小河"的干净明朗的诗意，他们止于至善、自强不息的乱世风华，体现一代纯粹的典型知识分子的浪漫情怀，必将荫泽后代，成为永恒的楷模。

本文史料来自厦门大学档案馆、厦门大学校史展览馆、厦门大学在长汀陈列室、《厦大校史资料第二辑》（厦门大学出版社 1988 年）、《长汀县志》（生活·读书·新知三联书店 1993 年）、《萨本栋文集》（厦门大学出版社 1995 年）、《萨本栋博士百年诞辰纪念文集》（厦门大学出版社 2004 年）、《民国著名大学校长》（湖北人民出版社 2007 年）、《抗战时期的厦门大学》（厦门大学出版社 2012 年）、郑启五的博客，在此一并致谢！

人生的标杆

120 年前的 9 月 25 日，一个新生儿临世的呐喊，如匕首投枪般的刺破了几千年封建专制的帷幔；120 年后的今天，五湖四海的文人云集江南水乡，共同感受绍兴人对鲁迅浓得化不开的情结。

我们来到鲁迅故居，从黑色的石门进去，穿过小天井，是一件泥地的台门间，那里陈列着轿和橹，一丝温暖而熟悉的气息自空气中升腾。从台门斗侧进去，穿过长廊，进一扇小门，就到了桂花明堂，仿佛可以看到当年的小鲁迅瞪大眼睛，迫切地催促祖母讲故事。走过中间的过道，便是百草园了。在那里，仍然有碧绿的菜畦，光滑的石井栏，高大的皂荚树，短短的泥墙根爬满了何首乌藤和木莲藤。

"出门向东，不上半里，走过一道石桥"，便是"三味书屋"了。私塾的正中上方悬挂挂着"三味书屋"的匾额，匾额下是一幅《松鹿图》，两边柱上有一个小园子，桂花树和腊梅树摇曳的风影中，是少年鲁迅和同学们嬉戏玩耍的乐园。

在柯岩风景区，一座临水而建的戏台，软软的越剧声中，十几条载满游客的乌篷船，以及戴着乌毡帽的船工，还有咿咿呀呀的桨声传来。这不正是《社戏》中描写的场景吗？

在咸亨酒店，黑木桌、长条凳、曲尺柜台依旧，孔乙己喝酒的场面几十年不变。更有各类不同品种的黄酒，让我们品尝回味。

在整个绍兴，鲁迅早已融入到人们的日常生活中，这些可以从与鲁迅有关的街道、广场、学校、电影院、纪念馆，以及与先生笔下各色人物、风情有关的店名、商品名上看出。毕竟，先生在绍兴度过了一生中三分之一的时光。这几天，第二届"鲁迅文学奖"颁奖典礼、水乡社戏、学术研讨、鲁迅笔下风情游等系列活动，把纪念鲁迅诞辰的节日安排得丰富多彩。

在我的学生时代，鲁迅是《故乡》里的"迅哥"，是《社戏》里那个贪玩的逃学的读书郎，是《孔乙己》中落拓的酒店小伙计，是《祝福》中那个在祥林嫂的诘问下支吾其词的白面书生。后来才知道，鲁迅是"民族魂"，是"中国文化革命的主将"，是"中国的脊梁"。进入新时期以来，有人想靠对鲁迅撒泼骂街的谩骂来哄抬自己，说先生是"乌烟瘴气鸟导师""光靠一堆杂文是立不住的"。

所有这些都不是真实的鲁迅，真正的鲁迅是一把刀，他以刀的方式思想，并活着，用情、以心运心。他就是刀，并入木三分。在中国现代版画中，鲁迅画像频繁地出现，几乎每一代、每一位版画家，都曾经创作和临摹过鲁迅画像。因为鲁迅有一种刀的气质，一种刀的精神；他对民族、对人民巨大的悲悯感以及血性的东西，被现在的很多作家丢失了。的确，鲁迅在杂文中表达的各种既锋利而又芜杂的思想，对许多人来说，也是一种心理上或神经上的刺激。

在中国文学从古典形态向现代形态转型的过程中，鲁迅第一个以他的文学创作充分地体现了文学革命的实绩，并在短篇小说、诗性散文和杂文创作方面达到了后人难以企及的艺术高度。2000 年，香港《亚洲周刊》推出的"二十世纪中文小说一百强"评选活动中。鲁迅小说集《呐喊》高居榜首，成为世纪中文小说之冠。能在散文诗领域与散文诗的开创者波特莱尔等外国文学名家相颉颃的，却唯有鲁迅一人而已。他所展示生命本真状态和个性精神世界方面的深度和表达的力度，都是后来者的作品无法比拟的。因为鲁迅的散文诗作品是生命的诗性的展现。

参加完"第二届鲁迅文学奖"颁奖仪式，回到杭州花木掩映中的创作之家，院子外的竹林中传来《芦笙恋歌》，让我们宛若置身云南傣族的孔雀舞蹈之间。我们的话题从铁凝的一句话谈起，刚从全国人大副委员长铁木尔·达瓦买提手中接过奖牌的获奖作家铁凝说，这是一个庄重的大奖，当代中国作家都很看重它——仅这个大奖的名字就非常有分量。是呀，郁达夫生前就感慨过，一个不知道尊崇伟人的民族是可悲的。

对鲁迅的曲解从来就没有停止过，今后也不会停止。但是，在先生的故乡绍兴，我们目睹人们热爱鲁迅，就像热爱空气和阳光。鲁迅作品中感伤的情调和悲悯的情怀始终是我们创作的参照系，更为重要的是每个人心中都竖着良心的标杆，那就是鲁迅直指人心、感铭肺腑的时代见证。

大师兄回家

当我们踏上浙江嘉兴的土地，扑面而来的是这座文化名城的繁忙，在这里召开的"金庸小说国际研讨会暨影视作品研讨会"带给我们的不仅仅是学术气息，更多的是让我们明白了什么是名人效应。

嘉兴，这个仅有 300 万人口的江南膏腴之地，在历史的长河中积淀了深厚的文化内涵。嘉兴是马家浜文化的发祥地，是巴金的祖籍地，是著名作家张宗祥、徐志摩、穆旦、茅盾、丰子恺、黄源的故乡。值得一提的是，中国文学史上唯一用骈文创作的小说《燕山外史》，作者陈球就是嘉兴人。用人杰地灵来形容嘉兴是一点也不夸张的，古代有吴国国王阖闾、汉武帝大臣严助、唐朝贤相陆贽、《国榷》编撰谈迁、清朝太子太傅陈元龙，近代以来更是名家辈出，沈曾植、王国维、李叔同、朱生豪、沈钧儒、范古农，哪一个名字抬出来都够我们吓一跳。

1924 年 2 月，金庸出生在嘉兴海宁县袁花镇查氏赫山房。金庸 7

岁就读于村口巷里十七学堂，高小转入袁花龙山学堂，12 岁以优异的成绩考入浙江省立嘉兴中学。第二年，日本军队打响了侵华战争。金庸回忆说："战争对我的家庭作了极大的破坏，我家庭本来是相当富裕的，但住宅给日军烧光，母亲和我最亲爱的弟弟都在战争中死亡。"

每个作家都会在作品中体现出故乡情结，金庸也不例外。《书剑恩仇录》《射雕英雄传》等书都多次写到海宁和嘉兴烟雨楼、桐乡吕留良等景致。

来自日本、韩国、越南、菲律宾等国家以及中国大陆、台湾、香港两岸三地的专家学者正好一百人云集嘉兴，使世界的目光聚集这位文学大师的同时，也关注起嘉兴这座与大师的名字紧密相连的江南城市。主持人把这次研讨活动命名为"南湖百人论剑"。福建代表团由厦门大学的林兴宅教授、杨春时教授和笔者三人组成，一到嘉兴，我们就被浓浓的学术气氛感染了。

10 月 22 日下午，在嘉兴宾馆的二号楼前。金庸先生面带笑容步出轿车，对等候在那里的市领导说，"好多年没来了，嘉兴的变化真大，都不认识路了。"

23 日上午，通往嘉兴学院行政楼的道路两边，站满了翘首以盼的学子。两名男同学举起了专门赶制的标牌，上书"欢迎大师兄回家""您好大师兄"；十四名肩并肩的学生托出"飞雪连天射白鹿，笑书神侠倚碧鸳"的横幅，兴奋中透出一股亲切。

当金庸乘坐的轿车徐徐驶进嘉兴学院时，如潮的掌声、欢呼声响彻校园。学子们举起相机，把大师兄诚恳的笑脸定格在激动的记忆中；大家竞相伸手，把自己的心跳通过手心传达给这位宽厚的长者。"大侠""大师兄"的喊声不绝于耳，数千颗年轻的心为同一种痴爱而疯狂。金庸走在夹道欢迎的人群中，脸上的笑容粲然生辉，他的手高高扬起，向小师弟、小师妹致意。

"我看到金大侠了！"有几个学生流出了热泪。从这一天起，关于金庸的话题成为嘉兴学院一个火热的主题。

我们的研讨会是从 24 日下午开幕的，金庸鼓励大家说真话，因为他想多听一些批评的意见。在当晚的宴会上，金庸跟全体代表一一握手。老先生的手掌握上去宽厚而柔暖，我顿时想起张力说过的话，男人的手如果握起来又暖又软，那么他就是一个有福的人。金庸还举着酒杯，一桌一桌的敬过去，虽然只是象征性的抿一口，但脸不红、手不抖，并且不时叫出老朋友的名字，也十分不易。

25 日上午开始进入会议发言，一天分四场，每场六人。笔者不幸排在第一场第一个，由于不知道要站到发言专席、计时器响过还有三分钟、发言完要接受反驳提问，闹了不少笑话。后来转念一想，笑话我一个、示范了 99 人，还是值得的。

金庸总是坐在第一排认真倾听，不过很少能够坚持到最后，因为不断有人进来在他耳边嘀咕，大意是该去哪里哪里赴宴了，或者是有什么达官贵人等着要见他。

因为我坐在第二排金庸的背后，所以经常看着他的后脑勺发呆。金庸的头发有点稀疏、发际有点灰，看上去跟韦小宝的武功一样稀松平常。但是看着看着就难免让人灰心丧气，因为金庸集荣誉、地位、财富、影响力于一身，一个男人在人世间所能获得的他都全部拥有了。一个老人平常的后背，却让我想到一个不平常的词：高山仰止。我把街上买来的《金庸茶馆》创刊号伸到金庸面前，在他回头看我的时候比画了一个写字的动作，老先生立即明白了，在刊物的目录上签上"金庸"二字。收回来一看，果然刚劲有力侠气弥漫。

除了开会，还组织观赏南湖灯展、参观西塘古镇。车队第一辆是开道的警车，第二辆是金庸专座的奥迪，后面两辆是载一百位专家的大客车。那天晚上的南湖人山人海，到处张灯结彩灯火辉煌，大家涌到湖边远眺那条让人敬畏的旧船感慨万端。站在我身边的是台湾远流出版公司的编辑，他们连连赞叹夜景的迷人，但不理解大家为什么要涌到湖边。我告诉他们，对面那条船就是共产党成立的地方。他们吃了一惊，脸上的表情马上严峻起来。

在西塘古镇，闻风而动的人们争先恐后跟金庸合影，主人干脆空出老先生身边的椅子，让大家轮着坐。一帮宾馆的小姑娘站在旁边干着急，其中大胆的一个见缝插针抢坐了那张椅子，不料，金庸却站了起来，把手搭在她肩上。老先生的这个动作鼓励了她的伙伴们，她们一哄而上，把金庸包围得只剩一个脑袋。这帮贪心不足的小姑娘还拿出菜单让金庸签名，直到经理黑着脸进来才制止了她们的吵闹。

众所周知，金庸是文化促旅游的最好品牌，继五岳联盟之后，西安市搞了一次"华山论剑"的活动，效果出人意料的好。所以，当有记者问金庸"为什么不像钱锺书那样选择深居简出"时，金庸回答说，"我不出来别人不满意"。立即有人驳斥记者说，"我们请还请不来呢，你说什么风凉话。"

成都来的代表告诉金庸，他们不甘落后，因为那里是余沧海的故乡；内蒙古的代表则认为他们更有资格先做，因为郭靖就是在那里长大的。我则告诉金庸，本人写过一篇武侠小说叫《连城剑法》，是《连城诀》的前集，因为据著名历史学家吴尔芬考证，连城剑法正是从福建连城县传出来的，希望查老师有空去连城一睹为快。金庸显然不可能听说有这么一个历史学家，他有一点糊涂、也有一点惊讶，只能表态"有意思有意思"。

文学界对金庸作品的认可，首先是北师大教授王一川主编《20世纪小说选》时，把金庸名列第四；然后是严家炎教授在北京大学中文系开讲《金庸小说研究》；紧接着美国科罗拉多大学举行《金庸小说与20世纪中国文学》的国际会议。在嘉兴会议上，有人认为应该把金庸的作品归入纯文学，反对者则指责他们胡说八道。经过几天拉锯式的争论，大家倾向于要重写文学史，让通俗文学有一席之地，然后把金庸摆在通俗文学"大师兄"的位置。

至于由金庸小说改编的影视作品，包括金庸在内的所有学者都不满意，比如为什么让李亚鹏演令狐冲了，还让他演郭靖，令狐冲跟郭靖可是两种人哪？有人将矛头直指到会的《笑傲江湖》编剧之一，说他们胡编乱造；编剧说，这是导演让我们这么编的，大家于是将矛头指向导演；导演说，我们做导演的也是打工的，制片人说了算；这还了得，大家转而拿制片人开涮；制片人十分委屈，说人家电视台非李亚鹏主演不买。那么，是谁在主牢电视台呢？大家困惑了。我站起来告诉大家，"是观众"。研讨会于是在一片笑声中落下帷幕。

　　会议期间，市领导代表嘉兴人民非得给金庸穿上红色唐装、提前过 80 岁生日。金大侠一生享尽掌声与鲜花，但只有在故乡，他感受到的才是家乡亲人的热爱，而不仅仅是金庸迷的崇拜。

水随天去秋无际

惊悉童庆炳老师仙逝，手头的工作虽然着急，却做不下去了，头脑中尽是童老师的音容笑貌。

第一次见到童庆炳老师大概是在 20 世纪 80 年代的尾巴，他回老家连城探亲，黄征辉请他来县文化馆讲座。印象中童老师穿着朴素、话语平缓，不矫揉，不造作，说的都是些平白大实话。末了，黄征辉领大家去吃夜宵，我于是有机会近距离接触童老师，赶紧表达自己的仰慕。童老师却说："我其实没什么，只是教书认真。"

1992 年我在鲁迅文学院进修，童老师上我们的创作美学。他的课讲得平实，不比有的老师手舞足蹈演大于讲，旷课的同学渐渐多了起来。一天，童老师生气了，放出重话："我每次来上你们的课，都要换上干净的衬衣，你们却爱来不来。"不知为什么，童老师板起脸说的这句话，镇住了那些自视有才狂妄无状的同学，后来的出勤率就高多了。

有一天，我提出要登门拜访，童老师很高兴，说："来呀，来吃个饭。"第二天，天刚蒙蒙亮我就走出鲁院的大门，到十里堡坐车转地铁，出了地铁再转车到北师大，进了北师大走到童老师家，已经是11点半。坐一会儿，聊几句写作的事，童老师送我几本新书，就吃饭。吃过午饭，我马不停蹄往回赶，进了鲁院的大门，天就暗了。这一顿饭下来，我才体会到童老师来鲁院上一次课多不容易。自此，我再也没有逃过课。

鲁院的孙津老师是童老师的博士研究生，有一天，孙津请童老师吃饭，还有莫言，童老师说我是连城老乡，也拉上了。就在鲁院的食堂吃，吃食堂的菜，好像有加了一条鱼。吃家常菜，说家常话，无论是童老师还是莫言，都没有什么微言大义。

鲁院的课程结束，已是学生放假的年底。鲁院不是正规的院校，不能集体订票，只能自己解决。头天跟两个福建同学去火车站买票，见队伍排了几里地长，头皮都麻了，逮住排前面的一人问："你几点来的呀？"他说7点。我说："不对呀，我们也是7点，怎么排到几里地去啦？"他说："我是昨晚7点。"这下我们傻眼了，站在寒风中凌乱。

整理好思绪，我们决定玩到天黑，从晚上开始排队。我们三个福建老乡吃饱了面条，捡了一个装电视机的大纸箱，三个人一起装进去，在售票厅门口等候天亮。售票厅8点准备开门的时候，黑压压的人群已经层层推涌过来，把卷帘门揉得哗哗巨响，似乎就要倒塌。门一开，我们不冲刺进去都不行，因为只要慢一点就会被后面的人踩踏。迅速的，每个售票窗口都排起长队，是那种前胸贴后背的、重重叠叠人肉长龙。但是，后面进来的人不甘心落伍，他们使劲撞击人肉长龙，试图为自己嵌进一个位置。争吵、撕扯、肉搏，场面大乱。这时一群保安冲进来，挥舞电棍大喊："蹲下，抱头蹲下。"我们都抱头侧身蹲下，犯人那样看自己的裤裆。晋江来的同学立马就哭了，对我说："我受不了啦，我要坐飞机。"

他哭着走了，准备去买飞机票。我是断乎坐不起飞机的，只能抱头蹲着排队。好不容易轮到我跟售票员说话了，我只说"厦门"二字，还没说哪一天，她就不耐烦地挥手说："没票了，厦门的票都卖完了。"

我被后面的人推开，走出售票厅，来到火车站广场，抬头看北京灰蒙蒙的天空，心想，这个压抑的鬼地方真是达官贵人的天堂，贫下中农的地狱。现在怎么办？难不成在北京过年？问题是这个狗仗人势的首善之区有地方让我过年吗？我想到了童庆炳老师，于是找到公用电话，给童老师挂通了。童老师一听，教导我说："你这孩子怎么这么傻呢？去上海、广州、厦门的火车是最挤的，哪来的票哇？你要买去南昌的，从南昌转厦门就容易了。"

这下心里有数了，但我不想排队自取其辱，干脆在广场上转悠。果然有黄牛党过来问要不要去南昌的票？我跟另一个福建同学研究半天，横竖没看出真假，决定赌一把，就买下两张到南昌的票。到南昌后，正如童老师所言，南昌到厦门的票好买得很。

后来，我一直很关注童老师的学术动态，每次见到吴子林，童老师都是我们的重大话题。此间，童老师曾上 CCTV—10《百家讲坛》，我尽量守着看。看了几期，我就知道童老师不可能像易中天、于丹那样大红大紫。不是因为童老师偶尔会冒出连城地瓜话，而是他讲得太实、太干，他总是想给观众更多的干货、更丰富的信息，殊不知，《百家讲坛》要的是演讲，首先是表演，然后才是讲课。演讲，是童老师这个客家籍憨厚教授不能胜任的。

近几年，因为莫言得了诺贝尔文学奖，童老师的名气忽然大了起来，大家都知道莫言是童老师的硕士研究生。连城一中校庆，莫言题了词，其实也是托了童老师的关系。

最后一次见童老师是前两年在培田，童老师谦卑地站在路边，身边陪着弟子吴子林。那已然是个耄耋老人，他就是我敦厚有加、著作等身的童老师吗？童老师告诉我，他的身体出了问题，每况愈下。我说几句客套话，心里一阵酸楚。

我读童老师的最后一篇文章，是他回忆母校连城一中。那篇文章的语言极为实诚，谈不上什么文采，是一个老人对记忆的絮叨。看完了我心里很难过，因为它太像最后的话，充满温情与留恋，甚至有一种诀别暗含其中。一个在全国有重大影响的学者，没有走到生命的边界，是断然不会写那种情调的文章的。

有人说童老师的思想保守有余而新锐不足，理论阐述有余而开拓不够。要我说，也许童老师的理论不一定是最前沿的，但一定是最扎实的；上课不一定是最生动的，但对学生一定是最真诚的。我们向童老师学的，不是新名词、新概念、新手法，是为文的品格与为人的品德。

如今，斯人已去，然文品必百世流芳，人品将永垂不朽。

北村的事情

那年的秋天，在新泉平坦的沙滩上，我和北村、傅翔、杨天松几个人一起同心合意高唱《箭之歌》。对岸是茂林修竹、头顶是彩霞满天，看着水流在眼前急速地往前，一个问题突然横在我们心底：

是呀，时光如箭，世界上有多少事情在捕风捉影，什么才是值得我们牢牢抓住的呢？

因为北村曾被定性为中国走得最远的先锋作家，于是常常听到圈子内同行对他的议论，总体的说法一是傲慢、二是散漫，这也是名人通常的特征。真实的情况并非如此，在我看来北村是谦卑而求实的，我讲几个事情就能说明这一点。

1995 年的春夏之交，我和北村、谢有顺同行到一个叫碧州的地方。碧州不是城市，只是一个小村子；碧州没有什么达官贵人要我们去拜会，只有几个农民在等待我们；去碧州没有什么豪华大巴，只有浑身哆嗦的龙马车。我们就坐上噪声如雷的龙马车前往碧州，北村的身边刚好是一个农妇，一条扁担毫无道理的挡在他面前。出人意料的是，这种恶劣的环境丝毫不影响北村高声谈论人生，他还要不时拨开蹭到脸上的扁担。那天夜里，临时加宽的木床上睡了五个男人，北村太胖了，掉下床可不得了，于是让他睡在最里边，我这个老兵不怕摔，于是睡在最外边。我们都被友谊陶醉了，来不及转身就到了天亮。

　　1999 年春节前后，北村在新泉写下了中篇小说《长征》。从人物命运的必然性来看，它真实的程度甚至超过了我们所读到的老红军回忆录，稿子在《收获》头条发出后，险些发生对号入座的误读事故。那段时间，北村每天吃过晚饭泡完温泉，就专心倾听我们对小说的评头论足，大家谈的当然都是些鸡零狗碎的细节。然而，据傅翔判断，北村对这些读者意见的重视程度超过了对评论家的文章。记得在文化站的招待所里，曹诚激动中急就了短评《其实是爱情的长征》，稿子投出去后好像是石沉大海了，但我们毕竟为一篇小说自觉而激烈地讨论过。

　　后来，我们还去了秀丽的上莒村。深夜，主人余兴辉领我们到村头水口的屋桥下，五六个人围坐一块巨石，溪流湍急地从我们身边流过，像时光那样迫切地消失在远方。北村在黑暗中说，时间是何等宝贝，我们为什么要在一些莫名其妙的事情上浪费它呢？

　　这就是北村的长处，他的话总能简洁地指向内心的感受，他的作品总能给读者提供宽阔的话语空间。我曾经把余华的小说比作一块冰，寒冷、坚硬、锋利；把苏童的小说比作一朵花，鲜艳、华丽、生动；把北村的小说比作一撮盐，舌尖一碰就能尝到它的滋味。北村近期的小说一打开就有人的味道，我们仿佛从中读到自己真实的精神面貌。北村几次对我说，读者的意见是值得注意的，因为他们的话真实可靠。

作为冠豸山文学创作基地的倡导者，我们本来安排县长跟北村见个面。不料，听说县长要来北村居然脸红了，并且显得急促不安。我由此得出的结论是，有的人不愿出现在热闹的场合只愿意出现在朋友身边，那是他的性情使然。所以，北村"傲慢"的本质是艺术回到民间的内心倾向。

为东南电视台策划黄金节目《有你有我》的工作中，充分体现了北村的求实精神，用他自己的话说，"要么把事情做好，要么不要做"。我充当嘉宾之一的那期叫《异口同声》，讲方言问题，相声演员、播音员、普通话等级评估员都来了，按说完全可以把演播室搞得热热闹闹。北村非得再请一位语言学权威，"否则节目就太飘了"，他说。直到语言学博士导师李如龙抵榕，北村才松了一口气。显而易见，正是这种求实认真的执着，才能在各方条件远不如中央台的情况下，将《有你有我》办成与《实话实说》比肩的谈话节目。

假如一件事情要靠自己来推销自己才能办成，北村往往就束手无策了。有一家影视公司约北村写了一部30集的电视连续剧《台湾海峡》，稿子出来后因为资金不够没拍，剧本于是就躺在北村的抽屉里长达五六年之久。"为什么不自己去推一推呢？"我问的这个问题把北村给难住了，他笑一笑不知从何答起。2000年的冬天，我对北村说：

"我要去北京学习，把稿子给我带去试试吧。"

当我把剧本交到中央电视台的李功达手上时，可以用喜出望外来形容他的心情。原来，中央电视台早就有拍一部反映两岸同祖同根、呼唤两岸和平统一的电视剧的愿望，派过两名职业编剧到福建采风，但写出来的东西专家们都不满意。而北村的剧本他们一看就喜欢上了，刘涓迅对我说：

"快快快，请北村到北京来签版权合同。"

《台湾海峡》在中央电视台八套节目播出的同时，由他编剧的《周渔的火车》正在全国各地火热上演。当我在电话中提起它们时，北村总是淡淡地说：

"那是人家导演的作品，我们还是写小说吧。"

北村的事情有些我知道，有些我不知道。

出版过小说集《聒噪者说》《玛卓的爱情》《周渔的喊叫》《长征》和长篇小说《大风》《施洗的河》《老木的琴》《鸟》《玻璃》《望着你》；张艺谋约请创作电影剧本《武则天》；吴子牛导演的电视连续剧《城市猎人》在多家省级电视台播出；姜文买断中篇小说《强暴》的电影改编权。北村在小说和影视创作上所取得的这些业绩我知道，我不知道的是：有一篇小说获过美国的什么文学奖、有一部讲东北抗日战争的什么连续剧正在开拍、为福建电影制片厂写过一部什么电影、好像正在写《施琅》、有一家什么出版社要出《北村全集》被婉言谢绝。我跟别人一样忍不住好奇打听，北村总是一笑挥挥手说，"我们谈点别的吧"。

　　我要说的是，在这个年代里，这些事情只要有一件发生在有些人身上，就足以自吹自擂到无以复加。我们看够了睚眦必报的文人嘴脸，北村谦卑的面貌给人以安慰是个不辩的事实。所以，读者对北村的崇敬并不是盲目的，他们恰恰心中有秤杆，能够分辨作家的分量。作为读者，我们在讲到许多作家时，竟然想不起来他的任何作品。是的，中国文坛有太多这样的"文阀"，我们天天听说他们有新作发表、有新书问世、有会议请他出席、有活动要他参加，就是想不起来他到底写过什么。而另一些重要的作家正好相反，他们的身影超出了文坛的视野，留下的作品却让读者欲罢不能，北村就是其中的一个。

　　北村多次说过，"写作靠的是心力而不是智力"。因为作家仅仅表现出怪异的感觉是不够的，必须回到疼痛的感受中来，写出我们内心的冲突。北村不苟訾议的性格使得他可说的事情很少，但历史将证明，读者并不需要作家的事情，只需要作家的作品。

吴尔芬作品年表

1985年

随笔《从来如此与本来不该》	《前线报》1月5日
随笔《宝剑锋从磨砺出》	《前线报》1月26日
随笔《二十六年我兵龄的二十六倍》	《前线报》1月29日
随笔《分配新战士不宜唯档案》	《前线报》2月7日
随笔《别让战士过疲劳年》	《前线报》2月14日
诗歌《母亲大海》	《前线报》2月19日
散文诗《贝壳》	《前线报》6月4日
诗歌《拍照》	《前线报》7月2日
诗歌《特区的黎明》	《前线报》7月16日
诗歌《呵，海风》	《前线报》7月23日
诗歌《我和剑麻》	《新青年》诗歌专号4、5期合刊
诗歌《犁》	《远方》创刊号

散文《神游于门票之中》　　　　　　《人民前线》8月11日

1986年

随笔《善于在差的条件下自学》　　《人民前线》1月31日

散文诗《故乡的小巷》　　　　　　《人民前线》4月2日

散文诗《故乡情思》　　　　　　　《厦门特区工人报》3月19日

小小说《独家新闻》　　　　　　　《厦门特区工人报》4月16日

1987年

散文诗《明信片》　　　　　　　　《群众文化》第2期

短篇小说《时代新潮流》　　　　　《群众文化》第4期

散文《大海，母亲》　　　　　　　《厦门文学》第6期

1988年

散文《有苦难言》　　　　　　　　《连图简讯》第1期

短篇小说《金窖》　　　　　　　　《群众文化》12月

1989年

短篇小说《金窖》　　　　　　　　《厦门文学》第1期

散文《坦白告诉你》　　　　　　　《厦门文学》第4期

短篇小说《光荣退役》　　　　　　《未来作家群》第5期

散文诗《解放鞋》　　　　　　　　《国防教育》第2期

散文诗《民兵的歌》　　　　　　　　《国防教育》第2期

1990年

散文《卷毛》　　　　　　　　　　　《厦门文学》第11～12合刊

散文《再要一个女朋友》　　　　　　《厦门文学》第11～12合刊

散文《鼓浪屿情思》　　　　　　　　《国防教育》第12期

评论《舒婷：第三代的痛苦及其他》　《连图简讯》12月

1991年

短篇小说《夏季》　　　　　　　　　《福建文学》第11期

短篇小说《绝活》　　　　　　　　　《厦门文学》第12期

短篇小说《红墙》　　　　　　　　　《厦门文学》第12期

1992年

评论《孤独的流浪与流浪的孤独》　　《丹霞书评专辑》第1辑

短篇小说《绝活》　　　　　　　　　《传奇文学选刊》第4期

短篇小说《红墙》　　　　　　　　　《汀江涛》（鹭江出版社）

1993年

散文《有苦难言》　　　　　　　　　《双鸭山日报》3月23日

短篇小说《惬意》　　　　　　　　　《雏燕》第2期

短篇小说《我的厦门》　　　　　　　《解放军文艺》第6期

散文《多想为你写首诗》　　　《散文天地》第6期

散文《伸出苍白的十指捂住双眼》　《厦门文学》第8期

散文《妈妈在等你等你回去》　　《闽西日报》10月24日

散文《大海，母亲》　　　　　《兴化声屏报》11月18日

1994年

中篇小说《五色花》　　　　　《海峡》第2期

散文《在文学院的日子》　　　《青春潮》第3期

短篇小说《飞》　　　　　　　《福建文学》第3期

中篇小说《窗外是一堵墙》　　《海峡》第6期

散文《喝酒世家》　　　　　　《福建文学》第6期

散文《绿色的风》　　　　　　《厦门文学》第8期

评论《书生傅翔》　　　　　　《闽西日报》12月12日

1995年

评论《美丽的话语在你身边环绕》《文学自由谈》第2期

短篇小说《迷途》　　　　　　《厦门文学》第2期

短篇小说《葡萄没熟》　　　　《福建文学》第3期

散文《小城风景》　　　　　　《福建画报》第3期

散文《分家》　　　　　　　　《声报》5月25日

中篇小说《悲伤的心所在的地方》《海峡》第6期

评论《土楼意识中教育策略的生成》《群文学研究》第23辑

1996年

中篇小说《突如其来》	《厦门文学》第2期
评论《城市行吟》	《厦门文学》第6期
散文《因你的宽容审视自己》	《福建文学》第11期

1997年

评论《小说的歧途》	《文艺评论》第6期
中篇小说《随处倾诉》	《厦门文学》第6期
随笔《你从哪里来》	《福州晚报》8月15日
随笔《爱国者的心歌》	《福建侨报》8月17日
随笔《留取丹青照汗青》	《福建广播电视报》8月25日
随笔《访艺术大师乔羽》	《精神文明报》9月13日
随笔《三首国唱》	《宣传半月刊》第22期
散文《因你的宽容审视自己》	《冠豸风景线》中国人事出版社
评论《诗性的风格》	《福建工商时报》11月1日

1998年

评论《电脑在革谁的命》	《软件》第1期
散文《群厕之上》	《散文百家》第2期
短篇小说《腰肢柔软》	《福建文学》第2期
评论《死亡的脚步追上来》	《文艺评论》第3期

短篇小说《阳光灿烂》   《热风》第6期

散文《中国往事》   《福建文学》第11期

评论《英雄挽歌》   《福建工商时报》11月21日

1999年

随笔《放歌冠豸之夜》   《福建商报》2月12日

随笔《冠豸山喜迎明星》   《福建文化报》3月5日

评论《好做难做都得做》   《电影之友》第4期

随笔《冠豸之行》   《影视圈》第4期

随笔《诉说衷肠》   《海峡姐妹》第5期

评论《独到星塘认是家》   《客家大文化》第4期

随笔《未来中国文学的创作基地》 《闽西日报》8月13日

2000年

散文《如梦石门湖》   《厦门晚报》1月3日

中篇小说《污染》   《福建文学》第5期

2001年

评论《良善的旗帜》   《当代福建作家论》（国际文化出版公司）

评论《城市行吟》   《当代福建作家论》（国际文化出版公司）

评论《客家教育意识》   《永定客家土楼论文集》（作家出版社）

长篇小说《雕版》   《厦门晚报》连载

评论《捧出新词字字冰》　《回顾：我就是我》天马图书有限公司

散文《往事如烟未成烟》　《厦门晚报》6月11日

散文《人生的标杆》　　　《厦门晚报》11月12日

2002年

散文《流言止于善心》　　　《生活时报》1月1日

散文《嫉妒在折磨着我们》　《生活时报》1月8日

散文《冬年狗吃会走》　　　《厦门文学》第4期

随笔《链子枪弹弓我的最爱》　《海峡导报》2002年6月1日

对话《经济全球化与中国文学》　《粤海风》第6期

2003年

散文《抄袭》　　　　　　　　　《啄木鸟》第1期

对话《经济全球化与中国文学》　《福建文学》第3期

散文《钟南山和他的三大治疗原则》　《战友》第3期

散文《戳破纯洁》　　　　　　　《两代人》第4期

对话《精神孤儿命运与客家文化彰显》《出版广角》第8期

散文《中国往事》　　　　　　　《红土地散文选》（作家出版社）

2004年

对话《关于小说家的专业化》　《粤海风》第1期

评论《回家的金庸》　　　　　《厦门文学》第2期

评论《北村的事情》　　　　　　　《厦门文学》第3期

2005年

长篇小说《九号房》　　　　　　　《中国作家》第10期

长篇小说《九号房》　　　　　　　《遵义晚报》连载5月

散文《抄袭》　　　　　　　　　　《当代散文精品》（广州出版社）

中篇小说《污染》　　　　　　　　《厦门优秀文学作品选》（昆仑出版社）

评论《小说的歧途》　　　　　　　《厦门优秀文学作品选》（昆仑出版社）

散文《流言止于善心》　　　　　　《开放潮》第4期

短篇小说《中国孀妇的日元存折》　《厦门文学》第8期

　　　　　　　　　　　　　　　　《短篇小说选刊》第11期

评论《画与茶：夏炜的居士背影》　《厦门晚报》12月4日

散文《赖源的景物》　　　　　　　《冠豸神韵》（海峡文艺出版社）

2006年

对话《城市感觉与乡土经验》　　　《海内外文学家企业家报》1月15日

评论《谁是罪犯》　　　　　　　　《厦门晚报》4月9日

短篇小说《中国孀妇的日元存折》　《21世纪年度小说选》（人民文学出版社）

长篇节选《烂会》　　　　　　　　《厦门文学》第2～3合刊

评论《故事的价值》　　　　　　　《当代文坛》第6期

创作谈《关于九号房》　　　　　　《三元论坛》第7期

对话《写作价值的分裂》　　　　　《厦门晚报》8月20日

散文《南山书院》	《厦门文学》第9期
创作谈《谁是罪犯》	《厦门文学》第11期
报告文学《厦庇五洲学子门收万顷书声》	《跨越》（昆仑出版社）

2007年

长篇小说《九号房》	《青年文学家》连载
散文《人在影院》	《海峡》第1～2合刊
散文《贫穷无罪》	《科技与企业》第3期
评论《亚洲金融风暴十年祭》	《粤海风》第4期
随笔《三本"鬼书"》	《厦门晚报》11月4日
诗歌《桃花，桃花》	《厦门文学》第11期

2008年

评论《故事的价值》	《新海湾》第2期
随笔《民族英雄林祖密的事业》	《厦门晚报》4月11日
评论《连横诗中的延平王情结》	《厦门晚报》5月17日
散文《赖源的景物》	《福建乡土》第5期
散文《进入龙空》	《山水知音》（海风出版社）
评论《恐惧在折磨着我们》	《厦门晚报》6月19日
对话《写长篇是危险的体力劳动》	《新海湾》第10期
评论《〈鹿鼎记〉的故事价值》	《海宁论剑》（中国文史出版社）
报告文学《一片冰心在玉壶》	《流金焕彩6·18》（海潮摄影艺术出版社）

报告文学《温馨·和谐·激情》　《思明风景独好》（鹭江出版社）

2009年

创作谈《恐惧在折磨着我们》　　《厦门文学》第6期

短篇小说《中国孀妇的日元存折》《福建文艺创作60年选》（海峡文艺出版社）

评论《经济全球化之后的金庸小说》《论剑桃花岛》（中国文史出版社）

报告文学《和谐社区温馨厦门》　《世界因你而美丽》（鹭江出版社）

报告文学《腾飞的两翼》　　　　《扬名中外的瓷都》（海潮摄影艺术出版社）

2010年

散文《落地的果实》　　　　　《厦门文学》第3期

报告文学《人生的精彩舞台》　《道德光芒耀海西》（海峡文艺出版社）

2011年

短篇小说《樱花》　　　　　　《伊犁河》第1期

散文《开台第一进士郑用锡》《海峡客家》第1期

诗歌《冠豸之夜》　　　　　《闽西作家红土地·蓝海洋作品专辑》3月

诗歌《走过梅花山》　　　　《闽西作家红土地·蓝海洋作品专辑》3月

2012年

长篇小说《九号房》　　　《宁德晚报》2—6月连载

评论《心系故里画溢乡情》《客家潮》创刊号

短篇小说《红墙》　　　　　　　　《红色闽西》第2期

评论《心系故里画溢乡情》　　　　《环球客家》第2期

评论《百字之内必有奇迹》　　　　《厦门文艺》第4期

评论《弯曲的人见证弯曲的时代》　《三楚情怀与现代精神》（河南人民出版社）

评论《黄慎绘画艺术的风格及影响》《世界客属大会论文集》（福建教育出版社）

评论《海峡两岸的河洛方言》　　　《中国闽西文学院院刊》创刊号

2013年

评论《黄慎绘画艺术的风格及影响》《美术界》第4期

散文《厦门大学在汀州》　　　　　《福建日报》5月28日

散文《乱世风华》　　　　　　　　《芳草》第3期

短篇小说《中国孀妇的日元存折》　《大学语文》（南京大学出版社）

短篇小说《迷途》　　　　　　　　《厦门文学60年作品选》（厦门大学出版社）

2014年

评论《游启章的艺术格调》　　　　《台港文学选刊》第9期

评论《死亡的脚步追上来》　　　　《现在》冬季号

2015年

随笔《那个爱我们的人去了》　　　《张惟不老》6月

评论《三十功名尘与土》　　　　　《红色闽西》第2期

散文《抗战：我们的第一必修课》　《环球客家》第3期

诗歌《诗人与油菜花》　　　　　　《星江》第2期

评论《胡文虎与南洋客属侨团》《世界客属大会论文集》（香港日月星出版社）

随笔《屠呦呦和莫言的十个不同》《大美》试刊号

2016年

评论《驱鬼邪：闽西客家人端午节的本体》　　《环球客家》第3期

散文《故乡是作家的亲娘》　　　　　　《厦门文学》第11期

随笔《水随天去秋无际》　　　　《童庆炳先生追思录》（北京师范大学出版社）

诗歌《海的新娘》　　　　　　《海丝文化艺术行》福建省委统战部